AF238607

PAPiER
FRESSERCHEN
DIE BÜCHER MIT DEM DRACHEN

Impressum:

Besuchen Sie uns im Internet:
www.papierfresserchen.de

Herausgegeben von CAT creativ - www.cat-creativ.at
Lektorat und Gestaltung

im Auftrag von

© **2023 – Papierfresserchens MTM-Verlag**
Mühlstraße 10 – 88085 Langenargen
info@papierfresserchen.de
Alle Rechte vorbehalten.
Erstauflage 2023

Coverbild: © Martina Meier
Alle anderen Fotos und Illustrationen: privat

Aphorismen: © Bild und Text Sieglinde Seiler

Gedruckt in Polen / Bookpress

ISBN: 978-3-99051-108-4 - Taschenbuch
ISBN: 978-3-99051-109-1 - E-Book

Vom kleinen und großen Glück dieser Welt 64

Omas Garten 66

Blattgrün 68

„Sie wachsen doch von alleine" 70

Im Baumhaus 74

Alles, was du fühlst 80

Schmerzhafte Unterbrechung 82

Feuerdorns Rache 84

Der Gartenschreck 86

Der Garten des alten Mannes 88

Eine Katze namens Samuel 92

Mein Garten und ich 97

Endlich kaputt 100

Unser lieber Herr Nachbar 106

Evas Rose 108

Der Garten ist ein weites Feld 112

Manchmal dauert es eben 115

Mein Gartenjahr – Miniaturen 118

Flügelschlag 120

Eine kleine Oase 121

Maries Zaubergarten 124

Ein Traum von Garten 126

Die zweite Chance 130

Der (Garten-)Traum vom Schreiben 133

Ein Schattenleben 135

Der Freundschaftsgarten 139

Das Rosenzelt 143

Der Garten der Träume   148

Ein Spatz staunt über die Physik   150

Made in Germany   151

Glückseligkeit   156

Sunny   160

Freiraum   163

Der Gartenkrieg   166

Hilfe, ich bin ein Pflanzen-Messie!   170

Glück   174

Schlachtfeld: Garten   175

Blumenparadies   178

Hanni Hummel   180

Rasenmähersonett   183

Die dicke Hummel Anna   184

Mein Garten
... und ich

Von Gartenträumen und kleinen Katastrophen

Herausgegeben von

Martina Meier

Inhalt

Die Rache des Gärtners — 7

Still — 9

Anfängermist — 10

Ungebetener Gast — 13

Ein kleines Paradies für Pia — 15

Die Gärtnerin nimmt wohlverdiente Auszeit — 19

im blütenmeer — 24

Gemeiner Efeu, du darfst nicht sterben … — 26

Der alte Baum — 30

Über Stunden im Garten — 31

Die Gartentür — 35

Am Brunnen — 36

Und es gibt sie doch … — 38

Mein Schrebergarten — 40

Flugobst — 42

Frühling — 44

Magische Schlafbohnen und Löffelkraut — 46

Mein Garten — 50

Meine Gartenbank — 52

Mein blauer Gartentraum — 54

Wenn die Mücken Trauer tragen — 57

Gartengeflüster — 63

Die Rache des Gärtners

„Wiedersehen", sagt die alte Dame mit den grauen, schulterlangen Haaren, die eng an ihrem kleinen Kopf anliegen. Es klingt wie eine Drohung. Sie deutet ein schmales Lächeln über ihrem spitzen Kinn an und schließt die Tür.

Bernd betrachtet den Geldschein in seiner Hand. Fünf Euro Trinkgeld hatte sie ihm mit ihren dünnen, knochigen Fingern gegeben. Immerhin. Bernd nimmt Eimer und Heckenschere vom Boden auf und geht durch den lang gezogenen Vorgarten mit zugewachsenen Blumenbeeten und einem verwilderten Buchsbaum. Was sollen die Nachbarn denken, wenn das Fahrzeug des Gartenbaubetriebes den ganzen Tag vor dem Haus steht und der Vorgarten weiterhin so ungepflegt aussieht? Aber die alte Dame sah es gar nicht ein, den Vorgarten pflegen zu lassen. Die Schönheit des Vorgartens wollte sie nicht mit ihren Nachbarn teilen.

In Bernd steigt ein unartiges Bedürfnis nach Vergeltung auf. Er denkt daran, wie er im großen Garten hinter dem Haus den ganzen Tag Rasen mähte, Blumen pflanzte, die Hecke stutzte und Sträucher schnitt. Die alte Dame saß nur auf der Terrasse in ihrem ebenso alten Lehnstuhl und gab Anweisungen. Wie gerne wäre er einfach wieder gefahren, aber sein Chef meinte, der Auftrag bei dieser Stammkundin sei wichtig. Die bösen, nordseegrauen Augen und ihr zuckersüßes Lächeln, mit dem sie Befehle erteilte, würde Bernd noch lange in Erinnerung behalten. Sie kommandierte ihn durch die pralle Mittagssonne wie einen kleinen unwissenden Jungen.

Während seiner Lehre hatte er viel über Natur- und Gartengestaltung gelernt, Heckenschnitt war sein Spezialgebiet, doch den Umgang mit schwierigen Kunden hatte er nicht gelernt.

Zum Schluss musste er noch ihre Gartenzwergsammlung aus dem muffigen Keller holen und die Plastikwichte nach ihren Vorgaben in den Beeten platzieren, während sie auf der Terrasse gedeckten Apfelkuchen aß und duftenden Kaffee trank. Wie gerne hätte auch er sich eine Pause gegönnt oder zumindest einen Schluck Wasser getrunken. Doch er wollte einfach nur fertig werden.

Bernd blickt zum Haus, ob sie irgendwo hinter den Gardinen steht und ihn beobachtet. Hier würde er nie wieder einen Auftrag ausführen. Und wenn der Chef es noch so gerne will. Mit seinen kräftigen, von Arbeit gezeichneten Händen lädt er seine Gartengeräte auf die Ladefläche und betrachtet den großen Buchsbaum am Zaun. Der Vorgarten ist eine Schande!

Er steckt die fünf Euro ein und greift nach der Heckenschere. „Rache ist grün", fährt es ihm durch den Kopf ... und durch die Finger. Die Schere gleitet minutenlang fast lautlos durch die frischen grünen Buchsbaumzweige. Bernd begutachtet sein Werk und fährt mit zufriedenem Lächeln davon.

Auch Wochen später bleiben die Nachbarn immer wieder am Vorgarten stehen und meinen, der Buchsbaum sähe dem bösen Gesicht der alten Dame ziemlich ähnlich.

Andreas Obster, Jahrgang 1979, studierte in Bonn Germanistik, Medienkommunikation und Deutsch als Fremdsprache und ist in der Erwachsenenbildung tätig. Seit 20 Jahren schreibt er Kurzgeschichten und leitet Schreibwerkstätten.

Still

Still
pocht
dein Herz
im Atemfluss
einer verwaisten Bank.

Ramona Wesselow-Krystosek lebt und schreibt in Zürich.

Anfängermist

„Na ja. Einen Designer-Preis wirst du mit diesem Garten nicht gewinnen können. Tränende Herzen und weiße Tulpen neben einem alten Misthaufen. Also wenn du mich fragst: Ich würde alles umgestalten", sagte Ilona beim Einstandsbesuch zu ihrer Freundin Kathrin, die gerade ein Landhäuschen mit einem Stück Grün geerbt hatte.

„Genau dieses Bäuerliche finde ich reizvoll. Mensch, da kommt mir eine Idee!", rief Kathrin aus und schenkte Ilona und sich noch Rosé-Sekt nach. „Vielleicht mache ich aus der stillgelegten Mistgrube einen Seerosenteich mit Wasserspielen, Fischen und so. Wieso bin ich nicht gleich darauf gekommen?"

„Hm. Und im Hochsommer bekommst du die Schnaken gratis dazu. Und was ist mit deiner beginnenden Arthrose? Also ich würde es eher minimalistisch halten, so Feng-Shui-mäßig wie bei den Neumanns."

In den nächsten Tagen war Kathrin damit beschäftigt, sich schlauzumachen. Ein Stapel mit Hochglanz-Magazinen und Ratgebern wie *So schaffen Sie sich Ihre Wohlfühloase* und *Gärtnern wie die japanischen Zen-Meister* türmte sich im Wohnzimmer. Neben den Besuchen in Buchhandlungen tingelte Kathrin durch Gartencenter, kaufte Steinlampen, Solar-Springbrunnen, Windräder und ulkige Tierfiguren. Sie suchte Samen in bunten Tüten aus und legte neue Beete an.

Schon Ende April kletterte das Thermometer über dreißig Grad und es hatte schon Wochen nicht mehr geregnet. Jeden Abend schleppte Kathrin schwere Kannen Wasser, aber die mit Spannung erwarteten Bienenweiden wuchsen, wenn überhaupt, nur spärlich, dafür reichlich Löwenzahn, Giersch und Winden.

Gleichzeitig machte sich der Renovierungsstau in dem Häuschen aus den Fünfzigerjahren bemerkbar. Ein Boiler ging kaputt und lief aus, die Fliesen knirschten und im Keller blätterte der Putz von den Wänden. Kathrin hatte so gut wie keine Zeit und auch keine Kraft mehr für den Außenbereich, wo alles zuwucherte.

Weinend fragte sie Ilona, mit der sie telefonierte: „Kennst du jemanden, der mir für kleines Geld die Sträucher schneiden und den Rasen mähen könnte?"

„Ja, der alte Johann. Den kennst du doch: Früher nannten wir ihn Joe. Der coole Joe! Die Mädchen waren verrückt nach ihm!", rief sie aus.

„Das war doch der, der alle von der Clique zur Lagerfeuer-Nacht eingeladen hatte, nur mich nicht."

Johann kam mit seinem klapprigen Traktor angefahren. Er war immer noch schlaksig und irgendwie jungenhaft, aber tiefe Falten zeichneten sich unter den grauen Bartstoppeln ab.

Kathrin hatte sich dezent in Schale geworfen, die Wimpern getuscht und ihre silberfarbene Mähne hochgesteckt, aber Johann hatte keinen Blick für sie. Während er das grüne Chaos betrachtete, zündete er sich mit seinen gelblichen Hornhauthänden eine Zigarette an.

Kathrin unterbrach die Stille und fragte: „Weißt du noch, damals …"

Er ließ sie nicht ausreden und sagte nur: „Grauslich ist das. Einfach grauslich."

Johann brauchte Tage, um die meterlangen Ranken der Brom- und Himbeersträucher zurückzuschneiden und die Beete von den Disteln und Brennnesseln zu befreien. Kathrin verwöhnte den wortkargen Johann mit Kaffee und Schinkenbrötchen, um ihn trotz seiner blutigen Blessuren an Händen und Armen bei Laune zu halten.

Doch das war keine einmalige Aktion. Schon nach acht Wochen sah es wieder ähnlich aus. Kathrin empfand den Garten nur noch als Last und Johann durfte nun jede Woche kommen. Er empfahl ihr, die Rosen und Dahlien wegzurationalisieren sowie den seltenen Mispelbaum, den Kathrins Urgroßvater einst gepflanzt hatte.

„Der Baum bleibt!", sagte Kathrin betont energisch.

„Ja, der geht aber sowieso bald ein. Der ist total verpilzt", antwortete Johann.

„Dann mache ich jetzt schon mal Ableger."

„Total unvernünftig. Na, kein Wunder, dass dein Mann abgehauen ist."

Kathrin ging nur noch in den Garten, um etwas vom verwilderten Schnittlauch zu zupfen oder ihren Kater Lucky zu streicheln. In ihrer freien Zeit ging sie meist mit Ilona zum Bummeln in die Stadt.

An einem Nachmittag saßen sie in einem Café und Kathrin schüttete ihr Herz aus. „Dieses Haus frisst mich mit Haut und Haaren auf. Und meine großen Pläne für den Garten habe ich schon längst abgeschrieben. Dafür muss ich diesen übellaunigen Johann ertragen, der mich bei jeder Gelegenheit beleidigt und dazu noch abzockt. Schon zwei Mal hat er seinen Stundenlohn erhöht. Vielleicht sollte ich doch wieder in eine Zweizimmerwohnung nur mit einem Balkon ziehen."

Als sie nach Hause kam, setzte sich Kathrin auf einen rostigen Stuhl unter den Mispelbaum. Die Grillen zirpten und eine Amsel flötete ihr Lied. Lange schaute Kathrin nur in die Luft. Dann beobachtete sie Lucky, wie er sich auf der warmen Erde wohlig lang streckte. Dabei fielen ihr die Gänseblümchen auf, die sich wie in einem Rahmen um die Mauer des Misthaufens tuffartig anschmiegten. Ihre Blütengesichter leuchteten wie Edelsteine in der Abendsonne.

„Es ist schön. Eigentlich ist es sogar wunderschön. Wieso habe ich das noch nie gesehen?", dachte sie. „Nichts muss perfekt sein."

Sie blieb eine Weile reglos sitzen. Dann ging sie zu Lucky hinüber, kraulte ihn und flüsterte ihm ins Ohr: „Ich werde dir das mit der kleinen Wohnung nicht antun. Wir bleiben. Und der Misthaufen erst mal auch. Wir lassen uns nicht mehr stressen."

Imke Oestreich, geboren 1961, von Beruf Bürokauffrau, lebt zusammen mit ihrem Mann in Süddeutschland. Das Schreiben von Kurzgeschichten ist ihre große Leidenschaft, der sie sich, nachdem sie im Ruhestand ist, mehr und mehr widmet. Das Fotografieren, Gärtnern, aber auch Philosophie und Religion bieten ihr einen guten Nährboden für neue Ideen.

Ungebetener Gast

Schon seit zwei Wochen quälte ihn dieses Geräusch. Jede Nacht aufs Neue. Erst ein merkwürdiges Kratzen, dann dieses Schnarchen, als würde jemand schlecht Luft bekommen. Und noch immer wusste er nicht, wer oder was das war.

Doch heute wollte er das ändern. Den ganzen Vormittag war er schon damit beschäftigt, Kameras auf seinem Grundstück zu installieren, um den Nachtschlaf raubenden Übeltäter zu finden. So heiß, wie es war, konnte er unmöglich bei geschlossenem Fenster schlafen.

Doch heute würde er herausfinden, wer es sich so auf seinem Grundstück gemütlich machte und diese Geräusche von sich gab. Er hatte endgültig die Nase voll davon. Mit Ben legte man sich nicht ungestraft an. Wer auch immer es war, er würde ihn vertreiben.

Der Tag verging und er konnte es gar nicht erwarten. Am Abend, noch bevor die Sonne unterging, setzte er sich an seinen Computer, um die Kameras zu überwachen. Dieses Mal würde er den ungebetenen Gast nicht einfach so davonkommen lassen.

Stunden saß er dort und nichts passierte. War das schon ein Schuss in den Ofen? Kam heute niemand und er hätte einfach schlafen können? Sonst war es doch um die Zeit schon so weit. Ungeduldig rutschte er auf seinem Stuhl hin und her, sah von einem Bildschirm zum anderen.

Und gerade, als er für diesen Tag aufgeben wollte, sah er etwas über den Boden huschen. Lief da ein Tier über sein Grundstück. Bei näherem Hinsehen erkannte er, dass es sich um einen Igel handelte. Zuerst lief er zu dem kleinen Teich, den Ben angelegt hatte. Trank von dem Wasser, lief danach weiter über das Grundstück.

Sicher war er sich nicht, ob das sein Eindringling war. Doch schließlich konnte er beobachten, wie er sich unter einen Haufen Holz schob, den Ben aufgestapelt hatte. Der junge Mann legte den Kopf schief, als er das beobachtete. Drehte er den Regler lauter, um besser zu hören. Und dann kam es, dieses Geräusch. Der kleine Kerl schnarchte! Das war es, was ihn seit Wochen nicht schlafen ließ! Dieses Geräusch hielt ihn also Nacht für Nacht wach. Zunächst war er überrascht. Doch dann begann er zu kichern. Immer mehr, bis er richtig zu lachen begann. So sehr, dass ihm schon der Bauch wehtat und ihm Tränen in die Augen traten.

Wach gehalten von so einem kleinen Wicht! Einem Tier, das einfach nur Schutz suchte. Wie witzig war das bitte? Nie im Leben hätte er darauf getippt. Er bekam sich vor Lachen kaum noch ein. Nicht zu fassen!

Eine Weile saß er noch dort und lachte, eh er sich langsam beruhigen konnte. Ganz sicher wollte er dem süßen Tier nicht den Schutz nehmen. Aber so ging es nicht weiter. Er würde das Holz ein Stück weiter weg stapeln. So, dass sie beide in Ruhe schlafen konnten.

Nancy Riemer, geboren 1986 in Dresden, lebt seit 2022 in Rostock in einer WG. Bereits als siebenjähriges Mädchen hat sie angefangen, ihre ersten Geschichten zu schreiben, und sich diese Leidenschaft bis heute bewahrt. Mit steigendem Alter veränderten sich auch ihre Erzählungen, die sie lange nur für sich schrieb. Literatur spielte immer eine wichtige Rolle, was 2006 auch zu einem Deutschstudium an der TU Dresden führte. Die Liebe zu fiktiven Geschichten war immer ein Teil ihres Lebens.

Ein kleines
Paradies für Pia

Wenn Pia aus dem Fenster schaute, sah sie auf eine stark befahrende Straße. Manchmal hupten Autos. Seit es die Baustelle gab, entstanden auch immer wieder Staus. Es stank dann immer nach Abgasen. Der Lärm der Straßenarbeiter machte es noch schlimmer.

Pia beneidete ihre Mitschüler, die einen Garten hatten oder auf den Campingplatz fahren konnten.

„Alle haben ein Stück Natur", dachte sie traurig und seufzte. „Ich habe nichts. Nirgendwo kann ich spielen. Auf dem Hof geht es nicht, weil es dort Garagen und Parkplätze für die Autos gibt. Kinder sind da unerwünscht."

Vor dem Wohnzimmerfenster gab es Platz – einen Minibalkon, mit einem Geländer umrandete, aber für einen Garten war die Fläche einfach zu klein.

„Mama, ich hätte so gerne einen Garten", sagte Pia beim Mittagessen mal wieder. „Mit Blumen, Tomaten und leckeren Erdbeeren."

„Ach, Schatz, es tut mir schrecklich leid." Mama strich ihr zärtlich über den Kopf. „Wir können uns keinen Garten leisten."

„Ich weiß." In Pias Augen brannten wie so oft die Tränen. „Ich würde gerne mal draußen spielen."

„Das weiß ich doch", sagte Mama. „Am Wochenende gehen wir auf den Spielplatz."

„Da ist es nicht schön", erwiderte Pia. „Da gibt es nur ein blödes Klettergerüst." Weinen wollte sie nicht und blickte auf die Fensterbank, wo die kleine Sonnenblume Gerda in ihren Topf stand. „Wenn sie groß ist, muss auch sie weg", dachte sie traurig. „Das ist so unfair."

Letzte Woche hatte Pia den Samen eingepflanzt. Nun sah sie regelmäßig nach, ob Gerda gewachsen war.

„Pflanzenbabys sehen schon komisch aus", dachte sie. „Ein Stängelchen mit zwei grünen Blättchen. Das ist alles, was im Moment von Gerda zu sehen ist."

„Hm, vielleicht habe ich da eine Idee", sagte Mama plötzlich und lächelte geheimnisvoll. „Du musst aber sehr artig sein und darfst mich nicht stören, okay?"

„Okay!", erwiderte Pia und dachte betrübt: „Ich spiele alleine in meinem Zimmer wie immer. Das ist doch blöd und langweilig."

Nach dem Essen nahm sie Gerda und ging in ihr Kinderzimmer. „Was denkst du, Gerda, was macht Mama gerade?", wollte sie wissen. „Ob Gerda schon denken kann?", fragte sie sich und blickte in den Blumentopf. „Sie braucht lange, um zu wachsen. Eine Blume ist sie noch lange nicht. Mama hat sich an ihren Computer gesetzt. Sie spielt bestimmt eines ihrer blöden Videospiele."

Pia nahm ihre Buntstifte und begann ein Bild zu malen.

„Wenn mein Garten nur halb so schön wäre", dachte sie. „Ich hätte gerne Blumen in allen Farben und Gerda wäre ihre Königin. Sie würden den ganzen Tag tanzen und ihren schönen Duft verteilen."

Drei Tage später holte Mama Pia von der Schule ab. „Heute gibt es Spinat mit Püree und Rührei", erklärte sie. „weil wir die Eierschalen brauchen."

„Mama, wir haben doch gar kein Ostern." Pia runzelte die Stirn. „Und ich möchte keine Eier bemalen." Bei sich dachte sie, dass ihre Mutter verrückt geworden sei.

„Das weiß ich doch." Mama lachte. „Ich zeige dir, wofür wir die Eierschalen brauchen. Ich habe auch noch ein paar andere Sachen für deinen Garten besorgt."

„Echt?" Am liebsten wäre Pia den ganzen Weg nach Hause gerannt, doch Mama lief zu langsam.

„Wir machen sogar eine Raupe", erklärte Mama.

„Ich will keine Raupen in meinem Garten", erwiderte Pia.

Zu Hause sah Pia Blumen, Töpfe, Samentütchen und Erde. In der Küche beobachtete sie, wie Mama die Eier aufschlug.

„Du machst sie ja kaputt!", rief Pia verwirrt und sah, wie Mama die Schalen vorsichtig ausspülte. „So können wir sie doch gar nicht gebrauchen."

„Natürlich. Du wirst schon sehen." Mama zeigte ihr die Öffnung.

„Das glaube ich nicht", dachte Pia.

Pia war sehr aufgeregt und hatte kaum Hunger. Sie fragte sich immer wieder, was Mama vorhatte. Trotzdem aß sie brav ihren Teller leer, denn sonst würde ihre Mama ihr sicher nicht zeigen, was sie geplant hatte.

Sobald sie aufgegessen hatten, bereitete Mama den Tisch für ihre Idee vor. Zusammen füllten sie die kleinen Blumentöpfe mit Erde und drückten einige Samen hinein.

„Die stellen wir in den Ständer, der schon auf unserem Balkönchen steht", erklärte Mama. „Und nun bepflanzen wir diese bunten Kästchen mit den Blumen und hängen sie über das Geländer. Das sind übrigens Stiefmütterchen."

„Stiefmütterchen sind hübsch", sagte Pia. „Das ist so toll." Ihre Hände waren schon schmutzig von der Erde.

„So! Und nun kommen wir zu den Eierschalen", sagte Mama, nachdem sie sich beide die Hände gewaschen hatten. „Wir basteln einen Ring aus Tonkarton und stellen die Eierschalen darauf."

Sie malte mit einem schwarzen Stift Gesichter auf die Schalen.

„Wir brauchen ein bisschen Erde oder können auch Küchenpapier verwenden, wenn du magst", erklärte Mama. „Das hier ist Kresse, die können wir zum Salat essen."

„Okay", sagte Pia.

„Die Kresse sieht später aus wie Haare", erklärte Mama weiter. „Ein Schluck Wasser. Sooo. Fertig."

„Prima", rief Pia und stellte die Eierschalen-Kressetöpfchen auf die Fensterbank. „Das sind Herr und Frau Eierkopf mit ihren Kindern Eiton und Eila." Sie grinste und gab allen Pflanzen einen Namen.

„Oh, jetzt hätte ich beinahe Gerda vergessen." Pia lief schnell in ihr Zimmer, um die kleine Sonnenblume zu holen.

Mama füllte eine alte Socke mit Erde, band ein Stück ab, klebte zwei Augen auf den so entstandenen Kopf und streute auf den Rücken Kressesamen.

„Okay, diese Raupe darf bleiben", entschied Pia. „Sieht im Moment eher wie eine Schlange aus."

Mama lachte herzhaft.

Auf dem Balkönchen legte sie ein Stück Kunstrasen aus und hängte einen Kübel an einen Haken. „Deine Erdbeeren", sagte sie. „Jetzt hängen wir noch die Blumenkästen ein."

„Boah, wie toll." Pia staunte über ihr kleines Paradies.

Der Ständer mit den selbst bepflanzten Blumentöpfen nahm den halben Balkon ein.

„Jetzt machen wir ein Picknick in meinem Garten", rief Pia begeistert und nahm die Decke von der Couch. Sie legte sie so, dass eine Ecke auf den Kunstrasen lag. Mama holte noch Kekse und Saft. Beide setzen sich auf die Decke und blickten auf den Minibalkongarten.

„In ein paar Wochen sieht dein Garten noch viel schöner aus", sagte Mama. „Die Blumen müssen sich erst an ihr neues Zuhause gewöhnen."

Pia blickte auf ihren Garten. „Mein kleines Paradies, wie die Erwachsenen sagen würden", dachte Pia und biss glücklich einen Keks.

Nicole Gabrys, geboren 1975, aus Duisburg, Mutter von zwei erwachsenen Kindern und Hobbyautorin. Vor einigen Jahren besuchte sie den Online-Schreibkurs der VHS. Sie ist immer auf der Suche nach mystischen Wesen, die sie in ihren Geschichten lebendig werden lässt. Von ihr sind schon einige Kurzgeschichten erschienen und vor Kurzem auch ihr erster Roman: „Okpara – der Traum von einem Leben nach Tod".

Die Gärtnerin nimmt wohlverdiente Auszeit

Mein Garten und ich … wir beide. Wir sind ein besonderes Gespann. Mal ziehe ich: „Nun komm schon … Zeig mal so richtig, was in dir steckt!"

Mal zieht er: „Lass mich nicht alleine … Hilf mir ein bisschen, sonst macht jeder hier, was er will – jedes Pflänzchen und jeder Baum!"

So ergänzen wir uns wunderbar – und herausgekommen ist ein liebenswerter Garten. Nicht besonders groß, aber immerhin so verwunschen, dass man sich darin verstecken kann. Kein Nutzgarten, aber es gibt einiges zu naschen darin, besonders für Vögel, Eichhörnchen und Mäuse. Und Schnecken. Und Schmetterlinge. Aber auch für dich und mich.

Viel Wildwuchs?

Ja und nein: Mein Garten ist eine gepflegte Wildnis und einige meiner besten Freunde lieben ihn genau so, wie er ist.

Damit er seinem Namen gerecht wird, muss sich allerdings jede Pflanze, die Teil dieser Gartengemeinschaft werden möchte, an eine Regel halten. Und die lautet: Du darfst wachsen, wo du willst, wo es dir guttut, aber nicht überall.

Warum? Damit die anderen auch wachsen können, wo sie wollen, wo es ihnen guttut. Du wirst es zwar nicht schaffen. Aber das macht nichts. Wir helfen dir. Du musst es nur zulassen.

In letzter Zeit hatte das mit der perfekten Zusammenarbeit von mir und dem Garten nicht so richtig geklappt. Na ja, man wird älter und man ist schon mal ziemlich schlapp und schaut lieber entspannt vom Balkon – also von oben – hinab und über die Büsche und Bäume, Blumen und Gräser hinweg und genießt das wunderbare Spiel von Blatt- und Nadelwerk in so vielfältigen Grüntönen, mal schattig, mal in gleißender Sonne, darüber ein wolkenbejagter oder strahlend blauer Himmel. Das hat auch was.

Mal gar nichts tun!

Man kann es auch so sagen: Die Gärtnerin nimmt eine – wohlverdiente – Auszeit. Es sei ihr gegönnt, oder?

Aber das Leben kann keine Auszeit nehmen. Und ein Garten, das ist pures, volles Leben.

Mein Garten sah seine Chance ... Absolut!

Das Frühjahr war schön feucht und er gab so richtig Gas. Um dem Klimawandel den Wind aus den Segeln zu nehmen, hatte er alle Register gezogen und tatkräftig Grün produziert mit Millionen von Chloroplasten, kleinen CO_2-Fresserchen. Jede Menge Sauerstoffgas durchzieht seitdem meine immer ungepflegtere Wildnis. Auch unten am Boden, wo das Gestrüpp noch nicht die Herrschaft angetreten hat und der Rasenmäher heuer keine vernichtenden Bahnen zog, kamen allerhand Insekten-erfreuende Blühpflanzen ans Tageslicht, Veilchen und Mieren, Klee und Hornkraut und Günsel. Zwischen sonst gehätschelten und bevorzugten Pflanzen bekamen Brennnesseln und Efeu viel, viel Platz, die gelben Taubnesseln und besonders der Gilbweiderich, das Johanniskraut und die Wiesenmalve und natürlich der Storchschnabel und Pippau und Ehrenpreis und Waldsimse ... Sie fühlten sich frei und ungehemmt. Ganz stolz breitete sich das Habichtskraut aus und seine goldbraunen Blütensonnen schwebten über den Gräsern …

Eigentlich schön. Wunderschön. Oder?

Mit den Augen und den Sinnen der Insekten betrachtet: wunderschön.

Aber etwas stimmte da nicht. Die Ordnung vorher hatte einen Sinn. Und nun fehlte etwas. Da lief etwas aus dem Ruder. Ich sah es kommen, aber ich hatte keine Energie und keine Kraft, irgendwie ordnend einzugreifen. Die Dinge nahmen ihren Lauf und das wilde Leben lebte wild und selbstvergessen vor sich hin.

Eines Tages bahnte ich mir mit einer Gartenschere eine Schneise in die Vegetation. Und da sah ich es: Dieses Wachsen um jeden Preis, das Drauf-los-Leben, das begeistert und guttut, das hat aber seinen Preis: Wer es nicht schafft, der schafft es eben nicht. Alle Schwächeren bleiben auf der Strecke. Selbst die schönsten Wiesenblumen wurden bedroht. Nicht richtig bedroht. Aber ihre Zukunft sah düster aus, schattig, allzu schattig, denn wo man auch hinsah, da wuchsen kleine Stämmchen hoch: Ahorn, Eiche, Hasel, Birke und Hasel und Eiche und Birke und Buche und Kastanie und Ahorn und Ahorn und Ahorn. Manche zehn Zentimeter, andere 20 Zentimeter, manche schon 40 und 50 Zentimeter. Und dann wurde es an einer Stelle mit dem Schneiden der Schneise schwieriger: Aus der Erde wuchsen da richtig lange Zweige, verholzte … Zweige. Die kenne ich vom Hartriegel. Ja, der stand mal etwa hier. Den hatte ich lange nicht ernst genommen und dann erst vor ein paar Jahren ganz heruntergeschnitten, weil er wirklich und wahrhaftig wildwüchsig war und dachte, er hätte hier das Sagen und ewige Rechte!

Der war also weg ... Wo aber kamen denn jetzt auf einmal die vielen Triebe her?

Ein Trieb war besonders lang und schon recht verzweigt. Ich zog daran … er war vom Nachbarn her durch den Zaun gewachsen und war gar kein Wurzelschoss, es war ein ganz normaler Zweig von einem stattlichen buschigen Hartriegel.

Seit wann hatte denn der Nachbar einen Hartriegelbaum? Und noch dazu so dicht am Zaun? Das ging doch gar nicht!

Es ging wohl doch. Er war da! Und es ging mit natürlichen Dingen zu. Ich erinnerte mich: Damals, vor 40 Jahren, als ich meinem Hartriegel sagte: „Tut mir leid. So geht es nicht. Für jemanden mit deinen Ansprüchen ist mein Garten zu klein, lieber Hartriegel, ich muss dich leider abholzen. Ich kann dich nicht als Busch und nicht als Baum gebrauchen. Du bist zu heftig ..." Damals hatte ich wohl nicht bemerkt, dass er längst unter dem Zaun hindurch angefangen hatte, den Garten des Nachbarn zu erobern ... durch Wurzelschösslinge.

Jetzt stand er da, fast an der Stelle, wo ich den alten beseitigt hatte, nur ein paar Zentimeter jenseits des Zaunes – und seine Wurzeln waren es, die in seinem Auftrag nun schon wieder einen kleinen Wald auf meiner Seite des Zauns angelegt hatten. Seine Planung für die nächsten Jahre war deutlich erkennbar.

Was sollte ich tun? Dem Hartriegel das Feld überlassen, meinen Garten? Bestimmt nicht!

Sauer sein? Auf wen? Auf mich? Ich hatte ja etwas Wichtiges übersehen, sonst niemand. Und ich musste jetzt die Folgen tragen. Das wäre nicht das erste Mal. Sauer sein brachte nichts, verdarb nur den Tag.

Ich hab etwas gelernt.

Mal wieder.

Und was?

Dass man schon mal etwas übersieht und manchmal unüberlegt handelt. Man. Ich. Dann geht es aber weiter, mit Schwierigkeiten, aber es geht. Man wird echt auch ein bisschen weiser.

Und dass ich überhaupt mal schlapp gemacht und mich ausgeklinkt habe – ich gestehe es mir zu und jedem anderen auch.

So. Jetzt stelle ich mich wieder der Realität. Es ist nicht leicht, neu Ordnung in das Chaos zu bringen, aber so etwas macht auch Freude. Und was daran schwierig ist, das muss ich nicht alleine ausbaden. Ich habe ja Freunde. Christian wird kommen und den Garten wieder in eine gepflegte Wildnis verwandeln und sich auch um den Hartriegel kümmern.

Christian, jetzt bist du dran. Rette, was zu retten ist. Gib jedem seinen Platz. Mache aus der Weltwachstumskrise, die auch den Garten erfasst hatte und in der jeder nur an sich dachte, wieder eine Art Garten

Eden, in dem es jedem gut geht, weil jeder auch dem anderen seinen Platz gönnt.

Ich habe dir eine Schneise gelegt. Hau drauf, hau rein – aber mit Liebe! Ich mach dann wieder fröhlich weiter.

Erika Steinbeck, *geboren 1937, Studium Mathematik und Physik, Realschullehrerin, verheiratet, zwei Kinder, gern gemalt, Workshops, Entwurf von Kirchenfenstern, Bücher: „Sehnsucht nach neuen Wegen", „Wenn Löwen beten" und „Wegfahren um heim zukommen".*

im blütenmeer

auf der wiese
lausch ich dem bienengesumm
hör vogelstimmen schwingen
durch lüfte lilablau
windgewirbelt rauschen birkenzweige

kurz ein flugzeug
das auf reisen geht
ein bus
ein auto
stör'n die töne der natur
rasenmäher durchschneiden
das quaken der frösche

dann leises fischflossengleiten
ein kind lacht
zum brummeln der hummeln

Ilse Jung, *geboren 1948, lebt in Duisburg als Autorin, Musikerin und bildende Künstlerin. Veröffentlichungen in Papierfresserchen-Verlag: „Sarah und die Blätter" und „tanzzuckende zehen".*

Gemeiner Efeu, du darfst nicht sterben ...

Drei, zwei, eins … Ich nehme Anlauf, sause los. Der Anstieg ist jäh, so steil, dass ich kletternd gehe, gehend klettere. Meinen Kopf weit nach vorne über die Beine gereckt, den Oberkörper hineingebeugt in den Hügel. Schrittweise Bewegungen bergan drohen, trotz anfänglicher Dynamik, in ihr Gegenteil zu kehren. Passe ich nicht auf, kippe ich nach hinten. Abrupt bremst mich der Steilhang, ich rudere mit ausgestellten Armen, die einen, wenngleich lächerlichen Versuch unternehmen, mich vor dem Sturz zu bewahren. Auf rätselhafte Weise gelingt mir, mein Wanken auszubalancieren.

Motorgeheul von naher Kreuzung dringt in unseren Garten. Hinter dem Lärmschutzwall bin ich positioniert. Eine Lücke klafft zwischen seinem Sockel und der vorwiegend aus Holzlatten zusammengefügten Wand darüber. Diese Kluft verstärkt den dissonant konzertierenden Geräuschpegel bremsender Lastwagen, anfahrender Busse, das vielschichtige Allerlei des frühmorgendlichen Berufsverkehrs.

Die Luft mieft unter anderem nach stechendem Ethanol, ein Gestank, der gefiltert werden muss. Doch von wem oder durch was?

Zum Entsetzen meiner Frau züngelt über den aufragenden Boden hin zur Lärmschutzwand ein seinem Belieben nach schlängelnder Efeuteppich. „Gemeiner Efeu!", schimpft sie. Gemein und gewöhnlich soll er laut seiner Namensgebung sein. Wer möchte diese Tatsache beanstanden?

Ich habe auf unbefestigter Erde Stand gefunden, mit nach außen gedrehten Füßen und den Knien aufgedrückten Händen bewege ich mich weiter, weil das, die Erfahrung hat es gezeigt, soliden Halt verspricht. Meine Energie reicht gerade, jene Tautropfen zu bestaunen, die von den Blättern des Efeus im ersten fahlen Sonnenlicht zu Boden träufeln, hineinsickern.

Heute ist einer der klirrend kalten Tage im beginnenden März. Der Zahn jahreszeitlich bedingter Witterungsveränderungen nagt an dem aufgeschütteten Hügel. Das Erdreich des Hangs wird fortlaufend abgetragen. Von strömendem Regen, von meinen Kindern, die den Anstieg im Zuge ihres infantilen Überschwangs für Kletterpartien entfremden, die seine Beschaffenheit durch ihre anderweitig nicht abzubauende Spannkraft schädigen. Meteorologische Phänomene, man sieht es an den Fehlprognosen der Wetterexperten, sind dem Menschen in großen Teilen nicht erschließbar. Vätern mit Kindern im Entdeckungsalter ergeht es bei der Vorhersage deren Absichten ähnlich. Daher büxen sie mir aus und malträtieren den Hang. Doch abgesehen von vorgenannten Einwirkungen ist der Anstieg zur Lärmschutzmauer natürlich kein idealer Nährboden für florierendes Wachstum. Was mich verblüfft? Die Trockenheit des Erdreichs oft binnen weniger Stunden nach schier alles wegschwemmenden Güssen.

Wende ich mein Gesicht nach unten, sehe ich durch diverse Büsche fragmentiert den traurig auf etwa einen Meter Höhe abgeschnittenen, rundherum von Efeu übersäten Rest eines Baums, der kurz vor seiner Enthauptung keine annehmbaren Äpfel mehr trug. Als verwaister Stumpf markiert er nun den äußersten Rand unseres Grundstücks nach Osten hin. Niemals kann ich beim Anblick des auf ihm in die Höhe sprießenden Efeus aufhören zu denken, seine durchäderten Blätter seien ein in Grün gehaltener Christbaumschmuck, der über Weihnachten hinaus mit unverbrüchlicher Ausdauer auf seinen Fortbestand besteht.

Den in unserem Garten vom Aussterben bedrohten Efeu will ich retten. Hauptsächlich gefährden ihn die in Handschuhen steckenden Hände meiner Frau, sie möchten ihn erdrosseln. Unser Hang, garniert von dürrem, mitunter leblosem Gestrüpp, gibt seit unserem Einzug Anlass zu ehelicher Polarisierung.

„Die Luft muss klarer werden, doch bitte, Rainer, komm mir nicht damit, du möchtest deswegen Efeu in Zentnern ankarren." Ganz offensichtlich habe ich mich über ihre Anweisung hinweggesetzt.

Efeu. Aus dem Mund meiner Frau klingt das Wort wie ein Fluch, es wird bloß in Notfällen bemüht, im Falle meiner Verstöße gegen ihr striktes Pflanzverbot. Als eigenständiger Mensch habe ich mich erdreistet, Löcher ins Erdreich zu buddeln, Efeu einzusetzen, und versuche nun anhand seines überbordenden Wachstums, meiner Frau eine wünschenswerte Zähigkeit zu demonstrieren. Ich habe den Efeu an unserem Hang kultiviert und wie zum Dank wurzelt er.

Vergeblich versuche ich, meine auf Ästhetik bedachte Frau für die

Vorzüge der keineswegs imposanten Pflanze zu begeistern. Der seelenruhig wabernde, für die Sauerstoffgewinnung unverzichtbare Bodenbelag, er rankt in unaufgeregter Betriebsamkeit, messbare Zentimeter, wahrlich nicht wenige, von Saison zu Saison. Sein stummes, nichts proklamierendes Vorantreiben soll Beispiel sein für den fortschrittlichen, immer zu mittelsamen Menschen. Ohne Aufheben schlängelt er sich, streckt sein weitvernetztes Werk zu meinen Füßen, Bescheidenheit scheint eine Tugend des Efeus. Steigt er doch einmal, wie ich feststelle, er tut es empor der Lärmschutzwand, so fügt er sich, und zwar ausschließlich, den Gegebenheiten der Landschaft.

Seine Kanäle im Untergrund sind feine Antennen, Sensoren, die unbeeindruckt von Zäunen unter selbigen hindurchschleichen und die Nachbarschaft bespitzeln. Ein Einwurf, auf den ich meine Frau nicht bringen will.

Welch kräftige Zugfeder hingegen der Abtransport von Smog in verpesteter Umgebung, solange E-Mobilität ein schmaler Streif am Horizont der Autoindustrie ist. Während ich in der Schräge längst meinen stabilen Stand gefunden habe, rattern Regionalzüge auf Schienen, schrauben Rennboliden mit Straßenzulassung ab Grünsignal der Ampel ihre Drehzahlen ins Unermessliche, ritzen Sägen des im anliegenden Stadtbezirk stationierten Sägewerks Kerben ins Mark argloser Stämme, stieben Wolken mit dem Aroma von Hefe, dem schalen Beigeschmack abgelaufenen Apfelsafts, vom Biomasseheizkraftwerk in die Richtung, in die der Wind sie scheucht.

Ein verirrter Specht hämmert gegen einen Laternenpfahl, bringt ihn zeitweise zum Vibrieren, ein herrlicher Unmutsgesang, die wohl intuitive Rebellion gegen eine aus ihrem Gleichgewicht geratene Umwelt.

Wird meine Frau ihre unterschwelligen Ankündigungen, Efeu zu jäten, ihn in äußerster Konsequenz mit Salzwasser und Essig auszurotten, in die Tat umsetzen?

Ich kontere mit Zuwendung. Nie werde ich mich sattsehen an der rasenden Geschwindigkeit seiner Entwicklung, ich meine gar, in der Gegenwart ein Wachstum wahrzunehmen, das nachher in der Zukunft stattfinden wird. Jedes Knistern, jegliches Knacken, den kleinsten Wimpernschlag, das leiseste Rauschen, all das nehme ich als Anlass, mich an seinem Wuchs zu ergötzen.

Seine violetten, ins Schwarz tendierenden Früchte beunruhigen meine Frau unserer Kinder wegen. Ist es nicht Aufgabe von Erziehung, die Kinder von der Versuchung abzubringen, sie zu lutschen oder schlimmstenfalls zu verspeisen, reize ich Dagmar. Eine Plage, dass es Menschen an Abwehrmechanismen mangelt, die Bestandteile des Efeus erst toxisch machen, moniere ich weiter.

Den Efeu mit einem Kahlschlag eliminieren? Für probater halte ich, die Kinder zu unterrichten, von den betörenden Früchten dürften sie nicht in ihren umnachtetsten Momenten naschen. Eine Schande der Evolution, dass Tiere uns an Verträglichkeit so viel voraushaben.

Tatsächlich! Als ich mich umsehe, erkenne ich Leerstände, von Efeu befreite Lichtungen. Ich muss daran glauben, meine Frau hätte ihren Feldzug bereits gestartet. Den Baumstumpf tief unter mir sehe ich urplötzlich grell in seinen Konturen. Er verkörpert die Rodung des Efeus. Nicht lange wird es dauern und ihm wird unter der Herrschaft meiner Frau allumfassend ein vergleichbares Schicksal ereilen.

Oliver Fahn wurde 1980 in Pfaffenhofen an der Ilm im Herzen Oberbayerns geboren. Der Heilerziehungspfleger lebt bis heute zusammen mit seiner Frau und seinen beiden Söhnen in der Kreisstadt. Fahn veröffentlicht regelmäßig Beiträge in Kulturmagazinen und verfasst Texte für Anthologien.

Der alte Baum

Der alte Baum
Monument unserer Verzückung
Herab fällt die Nacht
Und umhüllt
Mit ihrem blauen Mantel
Der Ewigkeiten erahnen lässt
Seinen geheimnisvollen Schlaf

Ingeborg Henrichs

Über Stunden im Garten

Zeit. Es war stets angebracht, sie sinnvoll und zweckmäßig zu nutzen. Eine gewisse Ordnung musste sein, gerade dann, wenn es um Haus und Garten ging. Das war und ist nicht nur unsere Ansicht ...

Franka A., Stephan Mirrens jüngere Cousine und die Eigentümerin einer Wohnung dieses Anwesens, stolzierte eines frühen, regnerischen Abends wieder einmal – mit prüfenden Augen, Gartenschere in der Rechten – über die holprige Wiese des hinteren Gartens. Wie es Stephan in diesem Augenblick aus dem großen Fenster im Obergeschoss beobachten konnte. Er beobachtete Franka auch jetzt mit größter Neugier, war bereit, jederzeit das Treppenhaus herunterzurennen – knurrte vor sich hin, hätte aber dann gern, immer kritischer, aus dem Fenster gerufen, was er zu Frankas Tun meinte. Es war wenig Schmeichelhaftes, aus dem Ärger geboren.

Gut, dass Franka diesen Stephan Mirren von unten her nur schemenhaft sehen konnte, wenn sie denn überhaupt einen flüchtigen Blick in Richtung Haus riskieren wollte! Sie wollte ja im Garten intensiv tätig sein, heute etwas zu Ende bringen. Dieser Strauch dort war schon seit Monaten fällig. Sie ging also zügig zu ihm hin, hätte liebend gern mit ihm gesprochen, doch er zeigte sich äußerst unwillig.

Stephan wusste, was Franka gern getan hätte. „Mit Sträuchern redet man nicht, Franka!", rief er belustigt in den Garten herunter. Er hatte das große Fenster ein wenig geöffnet. Seine Häme im Gesicht hätte sie sehen sollen!

Aber sie beugte sich nun lediglich in den wuchtigen Strauch mit dicken Ästen hinein. Der alte Stephan konnte ihr gestohlen bleiben, jedenfalls in diesen Stunden!

Die Nachbarin Stolpin, eine Brünette mit frechem Mundwerk, gerade hinter einem Busch aufgetaucht, feixte Franka unverschämt-unverständlich an. Auch darauf reagierte Franka überhaupt nicht. Wieso auch? Die Stolpin war auf ihre spezielle Art großmäulig und stupide. Mir ihr auch nur ein Wort zu wechseln, wäre falsch gewesen. Manchmal war es wirklich nur gut, dass Franka in ihre Gartenarbeit vertieft war!

So sah mancher Nachmittag der Gartenarbeit aus.

War Stephan Mirren ein närrischer alter Herr?

Er war, machte auch keinen Hehl daraus, ein Endsiebziger und lebte schon jahrzehntelang in diesem recht schönen, mittlerweile aber etwas heruntergekommenen Haus, welches er auch sein Eigen nannte, ohne eine besondere Affinität zum Haus selbst entwickelt zu haben – geschweige denn für den weiten Garten, einen von Franka im Alltag der Gartenaktivitäten eher etwas vernachlässigten Garten, für welchen sie neben Stephan die Eigentumsrechte hatte.

„Musst du immer die Bäume fällen, ohne mich vorher zu fragen, Stephan?", hatte Franka noch letzte Woche einigermaßen freundlich gefragt, als sie sich vor der schäbigen Drei-Fahrzeuge-Garage, die in Rostrot lackierte Türen aufwies, zufällig über den Weg gelaufen waren.

Stephan lachte nur kurz auf und schüttelte seinen Kopf. Allgemein war er um keine hämische Erwiderung verlegen, aber ihm war aufgefallen, dass Franka in den letzten Monaten viel aktiver im Garten geworden war. Er meinte wohl, sie würde sich mit größerer Entschlossenheit und einfach mehr Zeitaufwand dem Garten widmen wollen.

Um sie hier und jetzt loszuwerden, gab er noch ein: „Wir sollten uns nicht so oft streiten!", von sich. Schon war er fort. Wahrscheinlich hatte er sich in seinen Bereich im Keller verzogen, um dort dem über alles geliebten Zeitvertreib nachzugehen. Die aufgebaute Modelleisenbahn, eine teure Anschaffung, musste täglich gehütet werden! Ohne das Hobby Modelleisenbahn schien er gar nicht leben zu können – seit seiner Kindheit, wohlgemerkt!

Franka fand dies zwar nicht blöd oder kindisch, doch hätte er in der Vergangenheit öfter Zeit für die Gartenarbeit aufwenden sollen. Sie hatte diese Kritik aber nie vorgebracht.

Beide hatten, mit entgegengesetzten Haltungen, Einstellungen und Meinungen ausgestattet, öfter ihre Auseinandersetzungen darüber, wie man mit dem Garten verfahren sollte. Das war ein Garten mit einer weiten Wiese und ein paar alten Bäumen, zumal mit dem Häuschen ganz unten nahe den Schafen des Nachbaranwesens als auch der Terras-se Frankas. Wer hatte was, wann und wie zu erledigen!?

Na ja, man einigte sich meistens irgendwie, will heißen auf den kleinsten Nenner, um die Sache nicht zu weit zu treiben. Es blieb bei ihnen oft so ein mulmiges Gefühl zurück. Zufriedenheit? Keine.

Stephan rüpelte – so konnte man manchmal hören – mit Worten, rief also zum Beispiel etwas wie: „Runter und weg damit, sofort auf den Haufen, am besten abtransportieren!"

Es könne für ihn, sagte Franka, nicht genug Tabula Rasa herrschen, wogegen sie darauf bestehe, zumindest in diesem Garten vieles, wenn nicht alles in einer leichten Ordnung zu halten, ohne jeden Hang zur Penibilität. Sie sorgte sich, so war in der Nachbarschaft durchaus be-kannt, sogar um die Natur, von der sie umgeben war. Dies wurde nicht von allen Nachbarn geschätzt. Franka meinte sogar, eher unbeliebt zu sein.

Stephans Sorgen bezogen sich, wenn er überhaupt welche hatte, auf seine geliebte Geldbörse und all die kleinen Hobbys, die er mit Hin-gabe pflegte; besonders seine Modelleisenbahn!

Es zogen sich die Gegensätze, wie oben beschrieben, gar nicht an. Manchmal war es geradezu Horror, der sich in Gefühlsausbrüchen kundtat.

Zumal der unparteiische Berichterstatter, der all dies immer wieder mitbekam, obwohl er es nicht mitbekommen wollte, leicht in etwas hi-neingezogen wurde. Er berichtet also hier und jetzt aus sicherer Quelle!

Um diverse Auseinandersetzungen wegen des Gartens und wegen anderer Problemfelder möglichst aus dem Wege zu gehen, ignorierte man sich zwar nicht, aber es musste des Öfteren der andere gemieden werden. Also aufgepasst, wer denn gerade in Haus und Garten unter-wegs ist! Das war, so ist es wohl heute glasklar zu sehen, kein akzeptab-ler Dauerzustand. Jedoch hielt sich das Ganze eine halbe Ewigkeit.

An dem besagten frühen Abend mit Regen, der auch immer stärker wurde, sah sich Franka nach vielleicht einer Stunde des Tuns im Garten um. Und wer stand neben ihr? Stephan. Zunächst krittelte er an ihr herum, zeigte ihr dann unverschämt den Vogel und war schon drauf und dran, zu dem alten, selbst gebauten Häuschen zu spurten, was er trotz fortgeschrittenen Lebensalters locker gebracht hätte. Er blieb nach wenigen Ausfallschritten stehen. „Du brauchst einen Mann, liebe Fran-ka, der dir bei den alltäglichen Mühen tapfer zur Seite steht und hilft!", gab er ironisch zum Besten. Franka hielt die Schere in der rechten Hand und war verärgert. Dergleichen musste sie sich nicht anhören! Sie wollte schon in ein Gelächter ausbrechen …

Stephan hielt ihr aber den Mund zu, mit seiner linken Pranke, die von den Jahrzehnten der harten Arbeit an allen möglichen Arbeitsorten geformt war. Sie schrie auf, als das wieder ging. Glücklicherweise fiel die Schere auf die Wiese. Dann landete die gute Franka, ganz außer sich, auf den Knien hockend im nassen Gras. Und der dreiste Stephan war jetzt geneigt, ihr einen moralischen Vortrag zu halten, der beinhaltete, wie dumm sie sei, ohne Ehemann durchs Leben zu gehen. All die Nachteile des Single-Daseins in Kauf zu nehmen, nur um so ein bisschen Freiheit zu haben. Sich durch das Arbeiten während der teuren Freizeitstunden aufzureiben.

Franka stand wieder schnell auf den Beinen, zeigte dann die Abwehraktion der belästigten Frau, indem sie den Alten zurückstieß! Dort lag er nun, schrie wutentbrannt …

Auf den Wiesen der anderen Nachbarn derartiges zu beobachten, war dem Berichterstatter während der letzten Jahre nicht vergönnt gewesen. Als umso schöner hat er das gerade Berichtete empfunden! Sehr gern will er weiter berichten! Diese beiden hatten und haben noch einen Umgang, der auf der einen Seite als recht normal gelten kann, auf der anderen Seite aber Sprengstoff in sich birgt. Dies ist ein solcher, der, wenn er irgendwann wirklich hochgehen sollte, zu einem bösen Ende führen könnte!

So viel zur Arbeit in Haus und Garten. Sie hat soziale Relevanz. Nun, Nachbar zu sein, ist manchmal problematisch.

Kay Ganahl, Jahrgang 1963 mit dem Lebensmittelpunkt Solingen/NRW, von Beruf Diplom-Sozialwissenschaftler und Schriftsteller, begann in jungen Jahren, sich mit Literatur, Politik und Philosophie auseinanderzusetzen, sodass es selbstverständlich war, diese Interessen mit dem Studium der Sozialwissenschaften weiter zu verfolgen.

Die Gartentür

Es war einmal eine alte, gusseiserne Gartentür, die war zwischen zwei langen Steinquadern festgemacht und trennte damit den Rest der Gartenzaunlatten nach außen hin ab. Der alte Zaun war längst wie der Garten verfallen, verwildert und ungenutzt. So blieb nur noch die Gartentür übrig, doch auch diese war mehr oder weniger nutzlos. Irgendwie verständlich, wenn man nicht mehr abgeschlossen oder geschlossen wurde, den ganzen Tag über offen stand und ungenutzt blieb.

Es war Peter Kunko, der ihr eines Tages neuen Mut gab. Peter war alt und lebte weit abseits besagter Gartentür am Rande der kleinen Stadt. Eines Tages machte er einen Spaziergang. Als er die alte Gartentür sah, kramte er in Gedanken in Erinnerungen seiner Kindheit. Er ging zu der Tür, öffnete sie und schloss sie wieder. Dann zog er eine kleine Büchse Maschinenöl aus der Manteltasche, die er zufällig dabei hatte vom Ölen seiner Fahrradkette, ehe er losgegangen war, und ölte die alte, verrostete Gartentür. Er dachte an früher und wie sie schon damals immer gequietscht hatte, wenn er in diesen Garten gelaufen war.

Der Gartentür war gar nicht klar, wie ihr geschah. Plötzlich kümmerte sich jemand um sie, ölte sie sogar, sie wurde geschlossen und wurde wieder gebraucht, nach Jahren, in denen nichts mit ihr passiert war. Sie wurde wieder froh. Peter Kunko auch – er war froh, dass er die Tür nochmals hatte sehen dürfen. Diese Tür war Teil seiner Kindheit gewesen, die er in diesem Garten erlebt hatte, und an diese Kindheit erinnerte ihn die Tür. So ging wohl alles gut zu Ende: Peter ging glücklich heim und die Gartentür fiel ins geölte Schloss.

Und wenn sie nicht zerfallen ist, dann quietscht sie heute wieder. Schluss – aus – geschlossen.

Simon Käßheimer *hat seine Wurzeln am Bodensee. Infos unter www.simonkaessheimer.de.*

Am Brunnen

Drei Basaltsäulen in unterschiedlicher Größe stehen harmonisch beieinander. Meistens quillt Wasser oben aus der Mitte von jeder und fließt über die Steine, lässt sie tiefschwarz erscheinen – so streng, so schwarz, doch durch das Wasser von anziehender Lebendigkeit. Das Wasser spiegelt das flimmernde Licht – eine kleine Augenweide.

Es kommt vor, dass der Wasserfluss der beiden größeren Säulen versiegt. Sie sehen dann grau und leblos aus. Dann kommt das Wasser nur noch aus der dicken, kleinsten Säule.

So ist es auch heute. Immer wieder kommen Vögel zum Trinken oder zum Baden. Da – eine Meise sitzt zögernd am Rande des kürzesten Steins. Sie tappt nach vorne und trinkt aus der kleinen, sprudelnden Quelle – dann setzt sie sich entschlossen darauf. Sie schlägt mit den Flügeln, damit das Wasser überall hinkommt. Dabei guckt sie immer wieder unruhig in alle Richtungen.

Wer schleicht denn da um den Stein? Eine zweite Meise! Sie flattert keck auf den Brunnenrand. Mit kleinen Angriffsgesten hüpft sie rund um unsere planschende Meise. Diese dreht sich ständig, damit sie die Angreiferin immer im Auge hat, „Mein Bad" signalisiert sie.

Gibt die Nummer zwei auf? Ja, sie flattert weg.

Nein, doch nicht! Jetzt kommt sie von der anderen Seite. Ohne Zögern greift sie an. Unsere Badende geht schnell in eine Gegenwehrposition. Sie hat Erfolg, die Rivalin fliegt weg. Das Feld gehört wieder ihr allein. Doch, sie ist noch in Kampfbereitschaft, da kommt schon ein dritter Angriff!

Die beiden Vögel stehen sich in höchst aggressiver Haltung gegenüber – und das bei zwei niedlichen Meisen! Wer hätte das gedacht. Streit auch hier. Ohne direkten Kampf räumt Meise eins schließlich das Feld.

Die Siegerin *stürzt* sich in das Quellwasser. Es wird für sie nur ein kurzes Vergnügen. Nummer eins ist schon wieder am Rand des Steins.

Es entsteht ein zögerliches Hin und Her mit kleinen Attacken zwischen den beiden. Keine ist mehr im Wasser.

Auf der höheren (trockenen) Säule erhebt jetzt eine dritte Meise ihre Ansprüche – einfach so von oben herab. Und mit Staunen sehe ich, wie die kleinen Streithähne erst zögern, dann fliegen beide in verschiedenen Richtungen davon.

Was mag sie dazu bewogen haben?

Welches Signal hat Meise drei ihnen gegeben?

Dieser Episode habe ich in einem kleinen Film festhalten können. Ich schicke ihn an unseren Nachbarn. Er ist es, der meistens dafür sorgt, dass aus allen drei Säulen Wasser sprudelt.

Er schreibt gleich zurück.

Ich zitiere: *Vielen Dank. Das ist ja unglaublich schön anzusehen. Doch ich habe es gemerkt. Eine Wasserstelle ist viel zu wenig.* (lachender Smiley) *Ich denke, morgen wird es wieder drei Wasserstellen geben.* (Smiley mit Augenzwinkern)"

Und wirklich fließt am nächsten Tag wieder Wasser aus allen drei Säulen! Wunderbar: ein intakter lebendiger Quellbrunnen, ein lieber Nachbar und – hoffentlich weniger Streit unter den badewilligen Piepmätzen.

Aber kann es wirklich so sein in der Welt, dass es weniger Streit gibt, wenn für alle mehr da ist?

Renate (Rana) Welk verbrachte ihre Kindheit in Berlin, ihre Jugend in Duisburg. Sie studierte Sozialpädagogik in Berlin und später noch Soziologie und Volkswirtschaft in Köln. Berufliche Erfahrungen sammelte sie auf verschiedenen Gebieten der Kinder-, Erwachsenen- und Behindertenarbeit. Seit Ende der Siebzigerjahre leben ihr Mann und sie in Neuss, wo auch ihre beiden Söhne aufwuchsen. Für ihre vier Enkelkinder begann sie mit dem Schreiben und Illustrieren von Kinderbüchern, was sie auch weiterhin tun wird. Auf diesem Weg fand sie aber auch zum Schreiben von Gedichten, Essays und Kurzgeschichten.

Und es gibt sie doch ...

Sabine sass an einem schönen Sommerabend in ihrem Garten in ihrem Liegestuhl. Sie genoss den Duft der Blumen und des dazwischen wachsenden Grases. Zwischendurch schlief Sabine immer mal wieder ein und träumte von einer Welt ohne Kriege, einer Welt, in der sich alle Lebewesen miteinander verstanden und keiner benachteiligt, verletzt oder getötet wurde.

Sie erinnerte sich gerne an den Artikel, den sie vor einiger Zeit gelesen hatte, in dem berichtet wurde, dass eine Orang-Utan-Dame in Neuseeland freigelassen werden musste. Zwar hatte der Kläger eigentlich erreichen wollen, dass alle gefangenen Tiere in ganz Neuseeland freigelassen würden. Das allerdings klappte nicht. Aber immerhin wurde dieser Orang-Utan-Dame eine Persönlichkeit zugesprochen und daher durfte sie nicht gegen ihren Willen eingesperrt werden und bleiben.

Als Sabine jetzt so darüber nachdachte, döste sie im Halbschlaf vor sich hin. Plötzliche meinte sie, eine leise, sehr leise Stimme zu hören. Zuerst war sie sich nicht sicher, ob das ein Teil eines Traumes war oder ob sie, von wem oder was auch immer, wirklich gerufen wurde.

Sabine machte vorsichtig ihr linkes Auge zur Hälfte auf – und da sah sie ein sehr starkes Glitzern vor ihrem Auge. Wegen des vielen Glitzers konnte sie erst gar nicht erkennen, was da los war.

Dann sprach etwas aus dem Glitzer heraus: „Sabine, wir wissen, dass du etwas Besonderes bist. Und wir Naturwesen, also alle Elfen, Elben, Trolle, Hexen, Vampire, Werwölfe und alles, was es da sonst noch so gibt, haben uns entschlossen, dass DU unsere Botschafterin in der Menschenwelt sein sollst. Wir wissen, dass das nicht einfach ist, aber wir wollen gerne, dass es wieder so wird wie vor vielen Tausenden von Jahren, als die Menschen und die Naturwesen sich noch gut verstanden. Erst mit dem Krieg von Glencool entschieden wir Naturwesen, uns in Zukunft den Menschen nicht mehr zu zeigen, denn anders als ihr Menschen verabscheuen wir Krieg ... Ja, ich weiß schon, die meisten

Menschen wollen auch keinen Krieg, aber ständig ist irgendwo einer. So etwas gibt es in der Naturwesenwelt nicht. Und damals, nach dem großen Krieg, hatten wir große Angst, dass ihr diese Kriege auch in unsere Welt bringen würdet. Ich bin Xenirallalal und kann Gedanken lesen. Deshalb habe ich mir vorhin deine Träume angesehen und mich dazu entschieden, mich dir zu zeigen und mit dir zu sprechen."

Sabine war sehr überrascht, denn sie hatte zwar irgendwie schon immer geahnt, dass es Feen oder Elfen gab, doch ein solches Wesen direkt vor sich zu sehen, war dann doch noch einmal etwas anderes. Andererseits freute sich Sabine natürlich sehr, dass ausgerechnet sie zur Botschafterin der Naturwesen ernannt wurde.

Schon am nächsten Tag machte sie sich auf den Weg. Zuerst ging sie in die Stadtverwaltung, doch dort lachte man sie nur aus – ebenso wie beim Bürgermeister. Sie ging zu unzähligen Institutionen, doch nirgendwo glaubte man ihr, dass sie mit einem echten Naturwesen gesprochen hatte. Im Gegenteil, sie hatte großes Glück, dass niemand den psychiatrischen Dienst und die Herren mit den weißen Jacken und Ärmeln anrief.

Sabine wollte jedoch so schnell nicht aufgeben und so versuchte sie es wochenlang bei den verschiedensten Ämtern in ganz Deutschland. Doch nirgendwo wollte man ihr auch nur im Ansatz glauben. Jeden Tag erzählte sie Xenirallalal von ihren Versuchen, Gehör zu finden, und jeden Tag wurden beide immer trauriger.

Nach 333 Tagen entschlossen sich beide, den Versuch aufzugeben, und Xenirallalal und Sabine sagte wie aus einem Mund: „Die Menschen werden es wohl leider nie mehr lernen, dass es viel mehr Dinge zwischen Himmel und Erde gibt als das, was man sehen kann. Nur einige wenige Menschen werden berufen sein, die Naturwesen zu erkennen und mit ihnen zu sprechen, doch so wie früher wird es wahrscheinlich nie mehr werden ... Oder hast du noch eine Idee, wie man die Menschen überzeugen kann, dass es Elfen, Elben und andere Naturwesen in unseren Gärten gibt?

Susanne Weinsanto *wurde 1966 in Karlsruhe geboren.*

Mein Schrebergarten

Ich habe einen kleinen Schrebergarten. Darin wachsen Himbeeren, Johannisbeeren und Heidelbeeren. Es gibt einen Quittenbaum, einen Zwetschenbaum und einen Apfelbaum, der schon sehr alt ist. In die Beete säe ich im Frühjahr Erbsen, später dann Bohnen und Kürbisse. In einem Beet lege ich Kartoffeln aus. An den Rändern der Beete habe ich Blumen und Kräuter gepflanzt. Jedes Jahr freue ich mich im Frühjahr auf die Aussaat und darauf, den Pflanzen beim Wachsen zuzugucken. Das Unkraut, das auch wächst, ärgert mich natürlich. Deshalb verbringe ich viele Stunden damit, Unkraut zu rupfen. Das Unkraut werfe ich dann auf den Komposthaufen.

Mein Schrebergarten liegt in einem großen Feld, das von einem Wald umgeben ist. Außer meinem Garten gibt es noch zwei andere Gärten.

Es ist jetzt zwei Jahre her. Eines Morgens fuhr ich zu meinem Garten, um die Kürbisse, die ich vorgezogen hatte, einzupflanzen. Gut gelaunt öffnete ich das Tor und stellte meine Pflanzen und mein Werkzeug auf die Bank. Dann ließ ich meinen Blick über den Garten schweifen. Irgendetwas war anders. Ich guckte genauer hin. Meine Himbeeren! Sie waren bis auf Kniehöhe abgefressen. Ich guckte mich weiter um. Meine Stangenbohnen! An ihnen fehlten im unteren Teil alle Blätter. Ich guckte weiter. Die Rosen hatten keine Blüten mehr.

„Das waren die Rehe", sagte eine Stimme hinter mir. Die Bewohnerin des Hauses, zu dem der Garten gehörte, war gekommen. „Drei Rehe haben die anderen Nachbarn heute Morgen gesehen. Bei mir haben sie die Stockrosen angefressen."

„So ein Mist", sagte ich, „meine schönen Himbeeren." Traurig fügte ich hinzu: „Dann werde ich dieses Jahr keine Himbeeren ernten, schade."

Ich guckte mich im Garten weiter um. Sogar die jungen Kartoffelpflanzen waren angeknabbert. Nur die Dahlien sahen unversehrt aus.

„Wie kommen die Rehe überhaupt hierher?", fragte ich. „In dieses Feld führt doch nur eine schmale Straße aus der Stadt. Und sonst sind wir von Wasserläufen umgeben."

„Die Rehe sind durch das Wasser hierher geschwommen. Das haben sie früher auch manchmal gemacht. Irgendwann gehen sie wieder."

Ich überlegte. Dieses Jahr würde ich wohl keine Himbeeren ernten, auch die Bohnenernte würde weniger sein. Es würde viele Dahlien geben, aber keine Rosen. Den Lavendel und die Kräuter hatten sie auch nicht angeknabbert. Ich dachte an die Ernte im nächsten Jahr.

Ein Jahr später. Mein Mann hatte mit Stangen, Schnüren, Netzen, Wäscheklammer und Steinen die Beete umbaut. Mein Garten sah vernetzt aus. Kein Reh konnte mehr zu den Sträuchern, zu den Bohnen, den Kartoffeln, den Kürbissen und den Erbsen durchkommen. Meine Ernte war mir dieses Jahr sicher.

Ingrid Fleischhauer, 75 Jahre, hat einen keinen privaten Schrebergarten.

Flugobst

Es regnete schon wieder. Meine Eltern waren nicht da, nur meine Hündin Mira. Ich hatte meinen Eltern versprochen, so lange sie weg waren, auf den Garten aufzupassen und Johannis- und Blaubeeren zu ernten. Als der Regen vorbei war, gingen Mira und ich in den Garten. Ich ging zu den Johannisbeeren und wollte sie pflücken.

Doch was war das? Sie waren alle bis auf den letzten Stiel verschwunden und nicht mal der war noch da.

Ich wurde panisch und rannte schnell zu den Blaubeeren. Auch sie waren weg. Jetzt wurde ich noch panischer. Mira schien das zu merken. Sie legte sich auf den Bauch. Anscheinend wollte sie, dass ich sie zur Ablenkung streichle. Doch jetzt war keine Zeit für Streicheleinheiten.

Was sollte ich nur tun?

Ich war mir sicher, dass die Vögel alles gefressen hatten. „Ich könnte vielleicht einfach welche aus dem Supermarkt kaufen", dachte ich mir. Aber nein, meine Eltern würden bestimmt schmecken, dass es die aus dem Supermarkt waren.

Vielleicht sollte ich Bio nehmen?

Nein, auch zu riskant.

Vielleicht könnte ich Koko fragen, das Mädchen von nebenan. Ja, ich glaubte, das wäre das Beste, was ich gerade so machen konnte.

Mira und ich gingen zu Koko. Ich erklärte ihr die Lage. Doch sie meinte: „Das ist doch ganz einfach. Unsere Sträucher hängen unter Netzen und sind völlig überfüllt."

„Super Idee!", meinte ich. „Ich nehme einfach ein paar von euch. Falls es in Ordnung ist?", fügte ich hinzu.

„Natürlich." Koko lachte. „Glaubst du, sonst würde ich dir das erzählen?"

„Ja, ja, schon gut," meinte ich nur. „Ich hol mal eine Schüssel" , sagte ich. Mira trottete auf dem Weg nach Hause wie immer munter neben mir her.

Ich schloss schnell die Haustür auf, nahm eine Schüssel und gab Mira noch ein Leckerli. Wir gingen aus der Haustür und rannten schnell rüber zu Koko. Dort machten wir uns zusammen an die Arbeit.

Als wir fertig wurden, war es schon fast dunkel. Ich sagte noch zu Koko: „Danke, du hast mir sehr geholfen."

„Bitte", antwortete Koko und Mira bellte zustimmend.

Ich meinte dann, dass wir jetzt nach Hause müssten, weil meine Eltern bald wiederkommen würden. Koko nickte und winkte zum Abschied.

Klara Reiter, 11 Jahre, Schülerin.

Frühling

Nun will der Lenz uns grüßen,
von Mittag weht es lau;
aus allen Wiesen sprießen
die Blumen rot und blau.

Dieses alte Volkslied von Karl Ströse kommt mir in den Sinn, während ich dem Amselpärchen zuschaue, das in unserem Kirschbaum sein Nest baut. Heute Morgen waren sie plötzlich da. Nun wird es nicht mehr lange dauern und der Amselnachwuchs hüpft über unseren Rasen, immer auf der Suche nach einer leckeren Mahlzeit. Fasziniert beobachte ich, mit welchem Eifer das Pärchen den Nestbau vorantreibt. Nur selten gehen sie gemeinsam auf Nahrungssuche.

Unerwartet beginnt das Amselweibchen zu singen. Ihr Lied ist nur kurz, aber der Gesang lässt alle Geräusche in der Umgebung verstummen. Genau so plötzlich, wie das Lied der Amsel erklang, bricht es auch wieder ab. Das lange Warten hat ein Ende. Der Winter hat sich verabschiedet und der Frühling hält Einzug. Die Tage werden länger und wärmer.

Meine Gedanken wandern zurück in meine Kindheit …

Ich erinnere mich an das Schwalbennest hoch oben unter dem Dach des alten Hauses meiner Eltern. Klein und hilflos waren die Schwalben und wurden von dem Schwalbenpaar gewissenhaft auf das große Abenteuer vorbereitet. Sie lernten fliegen … Nach einigen Flugstunden, liebevoll von den Vogeleltern begleitet, ging es irgendwann auf und davon – in die große weite Welt. Sie flogen fort und kamen nie zurück …

Mein Blick wandert wieder hin zum Kirschbaum. Niemand weiß genau, wann dieser Baum gepflanzt wurde. Er stand bereits auf dem Grundstück, als mein Vater vor vielen Jahren unser Haus dort baute. Die knorrigen Zweige reichen bis zum Dach des Hauses hinauf und geben dem Baum ein gespenstisches Aussehen. Besonders in den Abendstunden, wenn das Licht der untergehenden Sonne sich golden auf das Dach des Hauses legt und lange Schatten an die Hauswand wirft, träumte ich als Kind vom nahenden Frühling.

Ich erinnere mich an harte, kalte Winter.

Die Äste der Bäume in unserem Garten waren mit einer dicken Eisschicht bedeckt. Aus ihnen war jegliches Leben gewichen. So ein Winter kann für ein Kirschbäumchen sehr lang sein. Aber irgendwann, wenn sich das erste zarte Grün im Frühjahr zeigt, erwacht die Natur zu neuem Leben. So auch unser Kirschbaum …

Pünktlich zum Beginn des Frühlings hat er sein grünes Kleid angelegt. Bald werden die ersten zarten Knospen sprießen. Sie werden verblühen und prallen süßen Kirschen Platz machen.

Der Duft der Hyazinthen streichelt meine Nase. Ich habe sie vermisst, die kleinen Primelchen, die ihre bunten Blüten der Sonne entgegen strecken.

Draus wob die braune Heide
sich ein Gewand gar fein
und lädt im Festtagskleide
zum Maientanze ein …

Leise summe ich das alte Lied, während ich mich auf die Bank am Fliederbusch setze. Tief atme ich den Duft der Blüten ein, der meine Sinne berauscht.

Unser Amsel-Pärchen fühlt sich inzwischen in unserem Kirschbaum sehr wohl und bereitet sich auf Familienzuwachs vor.

Und ich, ich habe den Wohlgeruch von Frühling und leckerem Kirschkuchen in der Nase …

Helga Licher, *geboren 1948 in Osnabrück. Die Autorin findet die Ideen für ihre Geschichten im Alltag oder bei langen Spaziergängen an der geliebten Nordseeküste. Sie schreibt für verschiedene Magazine und arbeitet an ihrem dritten Roman.*

Magische Schlafbohnen und Löffelkraut

Das Märchenland könnte ein friedlicher Ort sein, wären da nicht die böse Hexe und ihr Sohn Allessandro. Was sie wohl heute für einen Plan ausheckten?

Der Geburtstag von Dornröschen gab seit Jahren Anlass zu großen Feierlichkeiten. Glocken läuteten stundenlang und in dem gigantischen Märchenschloss wurden die feinsten Speisen aufgetischt. Alle Märchenfiguren waren eingeladen. Alle?

Nun, wie so oft erhielt die böse Hexe keine Einladung zu Feierlichkeiten. Und das hatte gute Gründe.

Gerade jetzt stand die böse Hexe in ihrer Zauberküche. Sie betrachtete ihr neuestes Werk mit einer Spur Argwohn in ihrem finsteren Gesicht. Zufrieden holte sie eine große Kelle aus ihrem Zauberutensilienschrank. Mit ihr fischte sie nach mehreren kleinen, runden, braunen Gegenständen. Gelassen ließ sie diese in Pralinenschachteln fallen.

„Ich brauche unbedingt eine deiner Hautcremes aus Ringelblumen", platzte unerwartet der Sohn der bösen Hexe in die Zauberküche.

Fast hätte sie sich beim Herausfischen weiterer Zauberbohnen verbrannt. „Wie soll ich einen neuen Plan aushecken, wenn du mich mitten in der Zusammenstellung der wichtigsten Zutat des Plans störst?", fragte die Hexe erzürnt.

Allessandro ignorierte den Wutanfall seiner Mutter. Statt wütend zu agieren, zwang er sich, langsam und gelassen auszuatmen. Er zählte innerlich bis zehn und sprach dann weiter, als wäre nichts geschehen. „Schon wieder ein neuer Plan? Reichte die kürzliche Niederlage nicht aus?"

Bei dieser Erwähnung verschlechterte sich die Laune der bösen Hexe schlagartig. Sie schleuderte mit der Kelle nach Allessandro. Dieser konnte sich gerade noch rechtzeitig ducken, um nicht getroffen zu werden.

„Was um alles in der Welt braust du da?"

„Das", lächelte die böse Hexe, „ist ein Geschenk für Dornröschens Geburtstag."

„Bist du überhaupt eingeladen?"

„Ich nicht", grinste die Hexe, „aber meine Tochter Sascha. Ich werde ihr die Schlafbohnen unterjubeln. Und ehe wir uns versehen, schläft das ganze Schloss und wir übernehmen es am nächsten Tag." Ein hässliches, lautes Lachen schallte durch die Hexenküche.

Im selben Augenblick empfing Dornröschen die ersten Partygäste. Die Feierlichkeit würde den ganzen Tag andauern. Dornröschen selber hielt sich im Ballsaal ziemlich weit weg von den elegant gekleideten Gästen auf. Sie war nicht gern in Gesellschaft. Üblicherweise verbrachte sie die meiste Zeit mit dem Lesen von Büchern. Sie hätte dies auch jetzt gerne getan, doch ihre Geburtstagsfeier war ein jährlicher Brauch, den ihre Eltern nicht unterbrechen wollten. Dornröschen langweilte sich. Nach außen ließ sie sich jedoch nichts anmerken. Sie wirkte ruhig und freundlich. Um ihrer Langeweile zu entkommen, überlegte sie, ob sie sich in den Erfrischungsraum der Damen flüchten sollte.

Gesagt – getan. Dort angekommen, wurde sie von einer vertrauten Stimme in ein Gespräch gezogen. Es war der Osterhase. Er war in Begleitung seiner besten Freundin Sascha, der Prinzessin der Finsternis. Eigentlich mochte Dornröschen Sascha nicht. Ihre Mutter war bekannt für ihre üblen Streiche.

„Ach, Osterhase", grüßte Dornröschen dennoch lächelnd. „Schön, dich zu sehen. Und du bringst deine Freundin Sascha mit."

„Ich danke für die Einladung, Dornröschen", lächelte die rothaarige Prinzessin der Finsternis.

Dornröschen lächelte gezwungen zurück. Sie unterhielt sich zwangsweise der Etikette entsprechend. Im Gespräch stellte Dornröschen fest, dass sie eigentlich besser mit Sascha zurechtkam, als sie zuvor gedacht hatte. Die beiden unterhielten sich über eine Schar aufgeregt zwitschernder junger Damen, die Prinz Charming folgten. Wo immer dieser hinging, folgte der Damenschwarm automatisch. Dornröschen und Sascha lachten sich kaputt, dann vertieften sie sich in Gespräche über Heiratsbräuche im Märchenland. Hoffnungsvolle Mütter drängten ihre Töchter geradezu dazu, einen Prinzen zu umwerben. Aber Prinz Charming war alles andere als eine angenehme Partie. Er war eingebildet und arrogant. Statt sich zu verlieben, war dieser höchstens in sich selbst verliebt, stellten die beiden Frauen übereinstimmend fest. „Erinnert mich ein wenig an meinen Bruder Allessandro", seufzte Sascha im Gespräch. Geistesabwesend reichte Sascha Dornröschen ihre Geschenke. Sie konnte sich nicht an eine Pralinenschachtel erinnern. Wie diese wohl zu ihren Geschenken gekommen war?

„Pralinen", freute sich Dornröschen. „Ich liebe sie. Woher hast du das gewusst?"

„Eigentlich sind die nicht von mir", wollte Sascha gerade sagen, als die erste der vermeintlichen Pralinen bereits in Dornröschens Mund verschwunden war.

„Die sind zu köstlich", schwärmte Dornröschen „Und da ist gleich noch eine weitere Schachtel. Wie aufmerksam. Meine Diener werden sie zu den anderen Speisen legen."

Während Sascha nach der Unterhaltung mit Dornröschen durch die Flure des Schlosses schritt, bemerkte sie, dass es außerordentlich ruhig war. Ihre gute Laune änderte sich schlagartig, als sie den Ballsaal betrat und lauter schlafende Gäste vorfand. Sascha versuchte, ihren Freund, den Osterhasen, zu finden. Doch als sie ihn gefunden hatte, war dieser nicht wach zu kriegen.

„Was nun?" Sascha überlegte fieberhaft, was mit den Gästen passiert sein konnte. Dann fiel ihr Blick auf die Pralinen. Wäre sie etwas wachsamer gewesen, hätte sie direkt erkannt, dass es Schlafbohnen waren. „Mutters Werk", schimpfte Sascha instinktiv, denn außer ihrer Mutter war keiner imstande, Schlafbohnen herzustellen. Wütend ging Sascha durch die Salons des Ballsaals. Da sie sich in Dornröschens Schloss nicht gut auskannte, brauchte Sascha etwas Zeit, bis sie die Küche hinter einem Seiteneingang fand. Geduldig durchsuchte Sascha sämtliche Schränke und Töpfe der Küche.

„Das Echte Löffelkraut muss doch hier irgendwo sein", murmelte Sascha. Verständnislos blickte sie zu dem letzten Küchenschrank, den sie noch nicht durchwühlt hatte. Saschas Augen blitzten vor Übermut, als sie einen kleinen Krug mit der Aufschrift *Löffelkraut* fand. Flink fischte sie einige löffelförmige Blätter heraus, die sicherlich im Garten von Dornröschen wuchsen. Sie probierte vorsichtshalber und verzog sogleich den Mundwinkel. Das scharfe und zugleich salzige Aroma war unverwechselbar.

Innerhalb weniger Sekunden zündete Sascha mit einem Feuerzauber das Feuerholz unter einem riesigen Kochkessel an, füllte den Kessel

mit einem Wasserzauber und warf emsig die Zutaten hinein, die sie für einen Aufwecktee brauchte. Ein einziger Schluck würde genügen, um eine Person von dem Schlafzauber der Schlafbohne zu befreien. Zwar hatte Sascha einiges zu tun, mit dem Trank durch das Schloss zu gehen, doch innerhalb der nächsten Stunde waren alle Gäste und Schlossbewohner wieder wach.

Später an diesem Abend, als sich die böse Hexe bereit zur Abreise machte, merkte sie, dass ein braunes Pergamentpapier durch das Fenster flatterte. Als sich das Pergamentpapier entfaltete und zwei Augen sowie ein Mund zu sehen waren, suchte Allessandro bereits das Weite. „Ein Motzbrief ist nie etwas Gutes. Ich geh dann mal. Wenn du mich brauchst, findest du mich in meinem Zimmer. Ich muss noch meinen Aufsatz für die Schule der Bösewichter schreiben."

In der Tat war ein Motzbrief nichts Schönes. Mit schriller Stimme teilte der Brief der bösen Hexe mit, dass ihr Plan vereitelt war. Ihre Tochter hätte einen Gegenzauber angefertigt und alle Bewohner des Schlosses wären wieder wach. Sie sollte sich zukünftig dem Schloss von Dornröschen fernhalten und auf das Zusenden von Geschenken verzichten. Kaum war die Nachricht zu Ende gebrüllt, entlud der Motzbrief einen heftigen Regenschauer. Die böse Hexe war nun pitschnass und ziemlich wütend. Sie schnappte nach Luft und drehte sich gerade noch um, um zu sehen, wie das Papier nach Entladung der Wasserfontäne schwarz wurde und schrumpelte. Doch so wütend, wie sie nun war, konnte nur ein neuer gemeiner Plan folgen.

Vanessa Boecking: Autorin verschiedener Genres. „Damian der Zauberer" (Juni 2022) sowie „Osiris, die Supermumie" (2022).

Mein Garten

Einen Garten zu haben, ist etwas Wunderbares, so ein kleines Stück halb gezähmter Natur, einen Minikosmos. Wir haben dieses Glück und freuen uns täglich daran. Natürlich macht ein Garten viel Arbeit, aber wie heißt es doch bei vielen Gelegenheiten: ohne Fleiß kein Preis.

Wenn ich durch den Garten gehe, schaut mich die Arbeit überall an. Es ist keineswegs nur das Unkraut, das es zu bändigen gilt, das schier unermüdlich ist in seinen Möglichkeiten und sich überall einmischt.

Der Rasen verlangt regelmäßig seinen Kurzhaarschnitt.

Die herrlichen Rosen neigen dazu, nach einiger Zeit zu verblühen. Dann müssen die Blüten abgeschnitten werden, bevor sie anfangen, ihre Früchte, die Hagebutten, auszubilden. Es ist ein perfider Betrug, den wir da an den Rosen begehen. Sie geraten in Panik, wenn sie merken, dass ihre Frucht verloren gegangen ist. Das zwingt sie, erneut Blüten hervorzubringen mit dem Ziel, erneut Früchte zu bilden. Wir aber erfreuen uns durch diesen Trick wieder und wieder an ihren traumhaften Blüten. Irgendwie gemein ...

In so einem Garten ist ein ständiges Werden und Vergehen. Ich habe keine Ahnung, wer alles in unserem Garten lebt und stirbt.

Diese unendlich vielen Kleinen, oft fast Unsichtbaren, die hier über und unter der Erde ihr Dasein fristen. Man trifft sie, wenn sie stechen können, oder bei der Arbeit am Boden. Aber wehe, wenn man auf die Idee kommt, ein paar Zierstein umzusetzen. Meistens packt man den Stein dann ganz schnell zurück, wenn man sieht, wie sehr man sie gestört hat, die Ameisen oder Kellerasseln oder wie sie alle heißen, die unter dem Stein zu Hause sind. Entschuldigung – peinlich, peinlich.

Besondere Freude machen die possierlichen Eichhörnchen. Man kann den Blick kaum von ihnen wenden, wenn sie so federleicht durch den Garten flitzen, mal eben halt machen, eine Haselnuss oder einen Käfer mitnehmen oder gleich fressen.

Bewegen sich einzelne Äste an einem Baum, so dauert es nicht lange, bis da mal eben ein roter oder schwarzer Pelz herumhuscht. Ihresgleichen suchen natürlich die Vögel. Allerdings sieht man die meisten nur selten, besonders die kleinen. Meisen nehmen manchmal ein Bad am Brunnen. Doch wehe, da bewegt sich ein Mensch. Weg sind sie. Kann man mal ein Vögelchen länger beobachten, so ist man beunruhigt über seine ständige Unruhe. Die kleinen Vögel müssen dauernd aufpassen, dass ihnen niemand etwas tut, etwa ein größerer Vogel oder ein Eichhörnchen. Die so oft besungene Freiheit der Vögel gibt es für sie gar nicht. Ihr einziger Schutz ist ihre Achtsamkeit und ihre unfassbare Reaktionsschnelligkeit. Kaum sind sie da, da sind sie weg.

Der Igel ist viel gemütlicher, wenn er am Abend sorgfältig die Wiese nach Würmern und Schnecken inspiziert.

Wir haben neuerdings auch einen sehr kleinen Teich. Und siehe da, ein Grasfrosch hat sich eingefunden, der dort manchmal badet. Dabei kommt ihm zum Verstecken der winzige Solarspringbrunnen zugute. Da kann er drunter schlüpfen.

Dieser Springbrunnen hat von ihm die Aufgabe des Wetterfrosches übernommen. Er springt nur, wenn die Sonne scheint. Dann macht er eine nette kleine Fontäne. Bei trübem Wetter macht er gar nichts. Sein Problem hat er an hellen, aber sonnenarmen Tagen. Dann versucht er immer wieder sein Glück, zu sprudeln, aber heraus kommen nur unscheinbare Wassertropfen, kümmerlich wie das Wetter selbst in diesem Jahr.

Sommer, Sonne, Garten, das ist wie ein Streicheln für die Seele – aber – nicht vergessen – das Regenwasser bringt das Ganze erst so richtig in Schwung. Wenn es regnet, streckt der Garten die Arme aus.

Renate (Rana) Welk *verbrachte ihre Kindheit in Berlin, ihre Jugend in Duisburg. Sie studierte Sozialpädagogik in Berlin und später noch Soziologie und Volkswirtschaft in Köln. Berufliche Erfahrungen sammelte sie auf verschiedenen Gebieten der Kinder-, Erwachsenen- und Behindertenarbeit. Seit Ende der Siebzigerjahre leben ihr Mann und sie in Neuss, wo auch ihre beiden Söhne aufwuchsen. Für ihre vier Enkelkinder begann sie mit dem Schreiben und Illustrieren von Kinderbüchern, was sie auch weiterhin tun wird. Auf diesem Weg fand sie aber auch zum Schreiben von Gedichten, Essays und Kurzgeschichten.*

Meine Gartenbank

Einfach nur im Garten sitzen
Beine hoch und Ohren spitzen!
Hier ist eine Menge los,
wilder Efeu, weiches Moos!

Bienen, Käfer und auch Fliegen,
Blumen, die im Wind sich wiegen
und sich nach der Sonne strecken,
ihre Blüten nach ihr recken!

Schnecken sich an Blättern laben,
auf dem Zaun zwei schwarze Raben
und ein Igel hinterm Busch.
Lauft, ihr Hasen, husch, husch, husch!

Wenn du aus der Puste bist
und dein Leben hektisch ist,
setz dich auf die Gartenbank
füll ihn wieder auf den Tank!

Dörte Müller, geboren 1967, schreibt und illustriert Kinderbücher. Sie wohnt mit ihrer Familie in Bonn und genießt den Frühling am liebsten auf ihrer Gartenbank.

Mein blauer Gartentraum

Nach der Umbauphase des Hauses sollte es noch fast vier Jahre dauern, ehe alle Ecken und Winkel oder die Lücken im Garten ausgefüllt, bepflanzt und in zeitlicher Abfolge blühen konnten. Zwei- und mehrjährige Stauden waren eingesetzt, neue Beete angelegt, gepflastert und umsäumt. Zuletzt nahmen wir die Pergola in Angriff. Ein Torbogen bildete den Mittelpunkt, an dessen Seiten Clematis hochrankte. Leider machte der Clematis nach einem heißen Sommer bereits im Herbst schlapp, da die Nachmittagssonne ihm arg zusetzte.

Das nächste Gewächs wurde eine Kletterrose ... Das Desaster: Rosen haben Dornen! Diese Erfahrung machte eines unserer Kinder auf un-

liebsame Weise und fiel mit dem Dreirad in selbige. Somit hatte sich die Kletterrose ebenfalls erledigt. Die Suche nach möglichst ungiftigen, kletternden oder nicht zu üppig rankenden Pflanzen für den Torbogen ging weiter.

Zunächst flankierten zwei große blühende Topfblumen die Seiten des Bogens, danach Stockrosen, bis die Kinder größer waren und weder Blüten noch Blätter abzupften, ihre gesamten Basket-, Feder- und Fußbälle darin versenkten oder ihre Pfeile darauf schossen.

In der Zwischenzeit hatten wir auf der gegenüberliegenden Seite einen Blauregen eingepflanzt, dessen Triebe sich einen Weg suchten und zuletzt Halt an den Zwischenstreben fanden. Mittlerweile steckten unsere Kinder nicht mehr alles in den Mund ... Noch sah die Pflanze eher bescheiden aus. Gewiss würde es einige Jahre brauchen, um die Seite komplett zu begrünen.

Die Kinder wurden älter, ebenso der Blauregen, dessen üppig ausladendes Blüten- und Blätterdach sich mittlerweile über die gesamte Länge der Pergola wie den Torbogen erstreckte. Die Belohnung der guten Pflege folgte nach beinahe zehn Jahren Wachstum. Ein wundervoller, blauer Blütentraum zeigte sich im Frühjahr. Es duftete nach Frühling, begleitet vom Summen Hunderter Hummeln und Wildbienen. Immer wieder schweiften unsere Blicke über die Pergola, an deren Pracht wir uns täglich erfreuten, da jetzt auch Schmetterlinge die Blüten aufsuchten.

Es wurde Herbst. Die Blätter der Laubbäume verfärbten sich rot-golden, selbst der Blauregen blühte zum dritten Mal in diesem Jahr. Die Natur zeigte ein letztes furioses Farbspektakel, ehe der Winter mit massivem Schneefall und lang anhaltenden Frostphasen Einzug hielt.

Das Frühjahr kam. Tulpen und Narzissen blühten, erste Knospen am Rhododendron wuchsen, nur der Blauregen schien den Frost nicht überstanden zu haben. Kein Austrieb, keine Blüte, kein Blatt zeigte sich, obwohl es bereits Ende April war! Traurig beschlossen wir, die Pergola bis Ende Mai vom tristen, mittlerweile knorrig verwachsenen Blauregen zu befreien, der vermutlich nie mehr blühen würde.

Nach einigen Sonnentagen mit Temperaturen um zwanzig Grad geschah das Wunder: Der Stamm trieb erstes Grün, Ranken bildeten sich aus, Blüten erschienen. Der Garten erwachte zu neuem Leben. Es duftete wieder – und mit dem Blütenduft kehrten Hummeln, Bienen und Schmetterlinge zurück.

Der blaue Blütentraum war, wie Dornröschen, aus dem Tiefschlaf aufgewacht ...

Dorothea Möller *lebt und arbeitet als freie Autorin in NRW. Bislang veröffentlichte sie circa hundertfünfzig Kurzgeschichten in Anthologien, Zeitschriften und Onlineportalen. Zu ihren Hobbys gehören Wildkräuter im Garten, der Küche wie der Naturmedizin. Weitere Informationen unter www.Dorothea-Moeller.de.*

Wenn die Mücken Trauer tragen

Gärtnern hält Leib und Seele zusammen. Eine große Zufriedenheit stellt sich ein, wenn der Blick auf die selbst gesäten und dann sprießenden Gräser, Blumen und Bäume fällt. Es ist eine große Freude, die Beete zur Linken und zur Rechten abzuschreiten, wie der Generalinspekteur das Präsentieren seiner Truppen mit höchstem Wohlgefallen zur Kenntnis nimmt. In meinem Garten bleibt nichts dem Zufall überlassen. Ich weiß immer, was an welcher Stelle aus welchem Grund wächst, und jeder, der meinen Bepflanzungsplan durchkreuzt und das von mir dirigierte Wachstum hemmt, muss mit meinem erbitterten Widerstand und mit meiner Rache, ja, sogar mit Krieg rechnen. Nicht gerade zimperlich bin ich in der Wahl meiner Mittel. Andere Leute belassen es bei Drohungen, ich schreite augenblicklich zur Tat, schlage ohne Wenn und Aber, ohne Rücksicht auf Verluste zurück. Mein Garten ist mein Herrschaftsgebiet, von dem ich jeden Quadratmillimeter verteidige. Vor wenigen Wochen sollte das eine Schar unverschämter Eindringlinge zu spüren bekommen.

Das Unglück begann mit einem kurzen Moment der Schwäche, von der ich, weil ich eben auch manchmal bloß ein normaler Mensch bin, nicht völlig frei sein kann. Für die Pflanzen in meinem Garten kaufe ich ausschließlich doppelt geschwefelte Erde. Der Schwefel tötet sämtliche Larven und Eier, aus denen diabolisches Ungeziefer heranzuwachsen droht. Die geschwefelte Erde ist viel teurer als die gewöhnliche, aber für meinen Garten spare ich keine Kosten und Mühen.

Ich weiß nicht genau, welcher böse Geist damals in mich gefahren ist: Ich stand bereits an der Kasse, als die Kassiererin mich auf die hinter ihr gestapelten Säcke mit Blumenerde im Sonderangebot hinwies. Üblicherweise hätte ich sie schallend ausgelacht mit den Worten: „Sie kennen ja meinen Garten nicht, junge Frau, würden Sie ihn nämlich kennen, hätten Sie es unversucht gelassen, mir Ihren Ausschuss anzudrehen!"

Tatsächlich benutzte ich diese Redewendung, allerdings schleuderte mir die Kassiererin, bei der es sich um eine mir unbekannte Aushilfe gehandelt haben muss, infame Widerworte entgegen, die meine Wehrkraft im Bruchteil einer Sekunde zersetzten: „Liebend gern würde ich mir Ihren Garten Eden einmal ansehen." Dabei blickte sie mich von unten nach oben so mit ihren blau-grünen Augen an, dass mir ganz anders wurde – und sich wie von Geisterhand bewegt acht Säcke mit ungeschwefelter Erde in meinem Einkaufswagen wiederfanden. Ein wahrer Hexenzauber hatte wohl von mir Besitz ergriffen. Er ließ mich wie in Trance nach Hause fahren und die Erde im Garten großflächig ausbringen.

Einige Stunden später erwachte ich und sah die Misere. Da es zwischendrin geregnet hatte, war es unmöglich, die oberste Erdschicht abzutragen. Das Unheil musste also seinen Lauf nehmen, und den nahm es auch.

Am nächsten Tag schaute ich misstrauisch aus dem Küchenfenster in den Garten hinaus. Mit dem Fernglas, um jede Verdächtigkeit sofort zu erkennen und das Teuflische im Keim zu ersticken. An manchen Stellen der Beete hingen kleine dunkle Wolken über dem Boden. Trauermücken, die das Gesamtbild des Gartens verunstalten, während ihre gefräßigen Larven sich über die Pflanzenwurzeln hermachen.

Diese Plage traf mich, aber sie traf mich vorbereitet. Ich sprang ins Auto und fuhr auf direktem Weg zum Pflanzengroßmarkt in Selmenheide. Dort kennen mich die MitarbeiterInnen schon und wissen, was bei einem solchen Ungezieferangriff zu tun ist. Sie händigten mir zwei Dutzend Venusfliegenfallen aus, die ich so in meinem Garten platzierte, dass die Trauermücken schon über Top-Gun-ähnliche Flugkünste verfügen müssten, um der pflanzlichen Fleischgier zu entgehen. Indes steckt in keiner Trauermücke, das versicherte mir meine langjährige Erfahrung, ein Fliegerass à la Pete Maverick Mitchell.

Zu meinem Leidwesen stellte sich heraus, dass das Problem dieses Mal jedoch völlig anders gelagert war. Ein erneuter Blick durch das Fernglas offenbarte mir die nackte und böse Wahrheit. Eigentlich lässt sich eine dumme Trauermücke zwischen den Fangblättern einer Venusfliegenfalle arglos nieder, was die Auslöseborsten aktiviert und das Zuschnappen der Fangblätter veranlasst, was wiederum das schreckliche Ende des Insekts besiegelt. Indessen musste es sich in meinem Garten um ein kurzzeitiges Außerkraftgesetztsein der unbarmherzigen Naturmechanismen oder um eine geheime Absprache zwischen den Naturwesenheiten gehandelt haben. Die Fangblätter schlossen sich, um sich im nächsten Moment wieder zu öffnen und die Trauermücke, die natürlich erstaunt und freudig erregt war, durch das Fernglas sah ich es genau, in die Freiheit zu entlassen. Bei jeder Venusfliegenfalle machte ich dieselbe Beobachtung.

Ich war am Boden zerstört und machte mir die bittersten Vorwürfe. Ich schwor bei allem, was mir heilig ist, den vermaledeiten Supermarkt, in dem unbescholtene Bürger hypnotisiert werden und in die Fänge des Bösen geraten, nie wieder zu betreten, blitzende blau-grüne Augen hin oder her. Die Venusfliegenfallen waren meine letzte Rettung gewesen, und die Rettung entpuppte sich als Wiege des Bösen. Das Böse kommt ursprünglich aus dem Höllenfeuer und ist ausschließlich mit Feuer zu bekämpfen. Brennen soll Salem!

Auf diese Situation, auf diese feindliche Übernahme hatte ich mich seit vielen Jahren vorbereitet. In einem Bunker unter dem Keller meines Hauses befindet sich eine Kammer, in der ich unterschiedliche Waffen für den Ernstfall bereithalte, zum Beispiel einen Gartenflammenwerfer zum Ausbrennen gemeiner und unwilliger Pflanzen, der jetzt zum Einsatz kommen sollte. Ich schnallte ihn mir auf den Rücken und lief die Treppe nach oben. Das Schicksal verfuhr allerdings sehr ungnädig mit mir. Ich stolperte. Dabei löste sich ein Flammenstoß, der sofort Stufen und Geländer erfasste. Beide Brandschutztüren zum Bunker und zum Keller ließen sich problemlos schließen. Da ich aber schon etwas fahrig und zittrig geworden war, versagte ich beim Öffnen der Terrassentür, um rauszustürmen und die widerständigen Venusfliegenfallen wegzubrennen. Im Wohnzimmer löste sich wieder ein Feuerstoß. Flammen kletterten in Windeseile die Gardinen hoch und machten es sich knisternd auf dem neuen Sofa bequem. Unten und hier oben brannte es lichterloh. Deshalb war es ratsam, nun doch zunächst die Feuerwehr zu alarmieren und den Garten warten zu lassen.

Als die Feuerwehr eintraf, war das Haus verloren. Mit meinen Nachbarn stand ich davor und sah, wie die hintere Hälfte des entflammten Gebäudes zusammenstürzte. Fünf Stunden dauerte es, bis alles gelöscht war, und nur noch vereinzelt dünne Rauchsäulchen über den Trümmern standen. Während der Löscharbeiten war ein Nachbar in den höllischen Supermarkt gefahren und hatte dort einen Schlafsack für mich gekauft.

Mein Garten ist mehr als mein Glück, er ist mir zur neuen Heimat geworden. Nachts liege ich, umgeben von ungeschwefelter Erde, im Gemüsebeet und schaue mit tränenfeuchten Augen in den bestirnten Himmel über mir. Besser sehen könnte ich ihn, wenn die Wolken der Trauermücken mir den Ausblick ins Weite nicht einschwärzen würden. Ganz zu schweigen von den Venusfliegenfallen, die beim Einschlafen nach meinen Füßen im zu dünnen Schlafsack schnappen und mich andauernd aufschrecken lassen.

Der Garten hält Leib und Seele zusammen, wenngleich jeder Garten Eden seine Versuchung hat und den Keim des Bösen in sich trägt.

Martin A. Völker, geboren 1972 in Berlin und lebend in Berlin, Studium der Kulturwissenschaft und Ästhetik mit Promotion, arbeitet als Kulturmanager, Kunstfotograf (#SpiritOfStBerlin) und Schriftsteller in den Bereichen Essayistik, Kurzprosa und Lyrik, Mitglied im PEN-Zentrum Deutschland. Mehr Infos via Wikipedia.

Edelsteine

Wenn wir Menschen die Krone
der Schöpfung sind, dann sind
die Blumen die Edelsteine
für die Kronen.

Gartengeflüster

Hörst Du auch die Blattläuse lachen,
die ihre Späßchen über uns machen,
nur kurz vor unseren Attacken fliehen,
um wieder bei ihrem Wirt einzuziehen.
Die Ameisen jammern: „Welche Not!
Man nimmt uns unser täglich' Brot!"

Eine Schnecke verzieht sich ins Haus
und blinzelt erst später wieder heraus.
Blattläuse tanzen erneut ihren Reigen,
haben vor: „Wir werden's Euch zeigen!"
Eine Grille zirpt laut nebenan im Gras:
„Bitte lasst das! Ich bin schon arg nass!"

Ein schwarzer Käfer ergreift die Flucht,
indem er Schutz unter Pflanzen sucht.
Der Igel schnuppert auch im Gebüsch,
denn dieser Regen riecht nicht frisch,
während die Vöglein ihre Lieder singen,
die unbeeindruckt von allem erklingen.

Die Brennnessellauge liegt in der Luft.
Keine Chance für lieblichen Rosenduft!
Sie vertreibt uns aus unserem Paradies.
Die Blattläuse atmen auf, ganz gewiss.
Eine Amsel schaut dem Schauspiel zu,
froh darüber, dass man sie lässt in Ruh'.

Sieglinde Seiler *wurde 1950 in Wolframs-Eschenbach geboren. Sie ist Dipl. Verwaltungswirt (FH) und lebt mit ihrem Ehemann in Crailsheim.*

Vom kleinen und großen Glück dieser Welt

Raureif unter den Füßen.
Feenstaub im Haar.
Glitzernde Wassertropfen an den Beinen.
Sterne vom Himmel geholt, in jeder Hand ein ganzes Dutzend.
Der Tag erwacht – er reckt und streckt sich
und dabei springt der ein und andere Sonnenstrahl zur Erde,
mitten in meinen Garten.

Es leichter Regen überzieht die Landschaft.
Bäume und Gräser recken sich nach dem angenehmen Nass.
Leises Gemurmel ist zu hören. Glücklich und zufrieden.
Dort eine kleine Feldmaus, da eine kunststückfliegende Meise.
Schmetterlinge tragen die winzigen Tropfen von Blüte zu Blüte.
Und der bauschige Schwanz eines Eichhörnchens
zuckt hektisch herum.

Wabernde Wolken, die vom Asphalt aufsteigen.
Es riecht nach Sommerregen.
Kindheitserinnerungen werden wach.
Dieser Geruch in der Nase – wundervoll.
Kennt ihr den auch?

Sonne wärmt die Haut.
Sonnenwarme Haut.
Es kitzelt leicht und angenehm.

Das Kind in mir jubelt und empfindet eine
solch große Freude über diese Wunder der Natur.
Die Erwachsene nimmt das singende, hüpfende
und glückliche Kind an die Hand
und gemeinsam springen sie mit einem lauten,
freudigen Schrei in den Fluss.
Ein Wasserfontäne steigt empor und Feen,
Elfen und kleine Zauberer jubeln über diese beiden Menschenkinder.

Sie kichern und freuen sich über dieses Paradies auf Erden.
Die beiden Menschenkinder ebenso.

Das ist Glück. Tief drin im Herzen.
Und es breitet sich von dort über die ganze Landschaft aus.

Stefanie Bräunig schreibt seit einigen Jahren Kurzgeschichten und Gedichte. Manche davon fallen dabei geradezu vom Himmel. Andere entfalten sich auf ihrem Sofa sitzend zur Musik. Auf ihrer eigenen Website (herzensgut-do.de) teilt sie ihre Gedanken und Erlebnisse in Form von Texten, selbst gemalten Bildern und Fotografien. Sie begegnet Flora und Fauna mit einem offenen Herzen, welches weitere Texte tief aus ihr herauszaubert. Über einen wundervollen Sonnenaufgang freut sie sich genauso wie über ein Gespräch über Gott und die Welt bei einem gemeinsamen Spaziergang oder einer Tasse Kaffee im Garten.

Omas Garten

Ich hatte unzählige Erinnerungen an Omas Garten. Manche spielten sich immer noch so lebhaft vor meinem inneren Auge ab, als seien sie gestern erst passiert. Andere setzten sich aus Geschichten zusammen, die über die Jahre immer und immer wieder erzählt worden waren, bis ich glaubte, mich an Bruchstücke daran tatsächlich erinnern zu können. Doch in jeder Erinnerung sah ich das gütige Lächeln meiner Großmutter.

Sie hatte mich im Kinderwagen über die weitläufige Wiese geschoben, hatte mir alle Pflanzen gezeigt und mich jedes Blütenblatt berühren lassen. Später war ich mit ihr durch die tief hängenden Zweige der Bäume getollt, hatte ausgelassen mit hochgekrempelten Hosen im Gartenteich geplanscht und versucht, die zahlreichen Vögel und Insekten zu fangen, die hier durch die Luft schwirrten.

„Geh nicht zu tief hinein ins Wasser", hatte Oma mich stets gemahnt und mit mir gelacht, wenn ich dann doch ins Wasser hineingeplumpst war. Mit meinen Freundinnen hatte ich Verstecken gespielt im Dickicht der Sträucher, so lange, bis Oma uns selbst gemachte Limonade gebracht hatte. Im Alter von zwölf Jahren hatte ich mich mit meinem Tagebuch in dem kleinen Baumhaus, das mein Uropa damals für meine Oma gebaut hatte, zurückgezogen und mich in Tagträumereien verloren. Und dies war auch der Ort gewesen, an dem Felix von nebenan mich zum ersten Mal geküsst hatte – in der Nacht unseres Abiballs. Aufgebrezelt hatten wir uns damals hierher geflüchtet und den Grillen beim Zirpen zugehört. Oma hatte uns durch das Dunkel der hohen Pflanzen huschen sehen, doch sie hatte uns nicht verraten, als meine Eltern mich suchten. Jauchzend war ich durch die Blumenbeete gesprungen, als ich meinen Studienplatz erhalten hatte. Später, als Opa nicht mehr konnte, half ich Oma hier beim Gemüseernten. Ich kam nur noch selten. Das Studium nahm zu viel Zeit ein. Sie schüttete mir in der geduldigen Stille der flüsternden Baumkronen ihr Herz aus und ich ihr meines. Genau wie ich hatte Oma diesen Garten geliebt, hatte jeden Tag viele Stunden darin verbracht. Später, als sie immer öfter Pausen machen musste, saß sie oft stundenlang da und lauschte einfach nur den Grillen.

Am Tag von Opas Beerdigung zog ich mich hierher zurück.

Wie ich hier saß, die leisen Stimmen der Trauergäste in weiter Ferne, fragte ich mich, wie es weitergehen würde. Mein Onkel meinte, Oma sei zu schwach, um das große Haus und den großen Garten länger bewirtschaften zu können. Sie müsse betreut werden. In einem Heim. Niemals werde ich den Anblick meiner Großmutter vergessen, wie ihr Blick bei diesen Worten hinauswanderte in den Garten. Ihren Garten. Ihre Zufluchtsstätte, ihr Ein und Alles. Man konnte Oma nicht wegbringen aus dem Garten. Sie brauchte ihn und er brauchte sie.

Nein, das durfte nicht passieren. Geistesgegenwärtig stand ich auf und pflückte eine Blüte, die mir zu Füßen wuchs. Und plötzlich kam mir eine Idee. Mit klopfendem Herzen ging ich durch den Garten. Besuchte jeden Baum und nahm ein Ästchen mit. Pflückte aus jedem Blumenbeet eine Blüte. Brach einen winzigen Spreißel aus dem Baumhaus und der blauen Gartenbank, auf der wir so viele Stunden verbracht hatten. Ich schöpfte eine Alge aus dem Teich und pflückte ein Stück Schilf. Und als ich all diese Artefakte beisammenhatte, wusste ich, was ich damit tun würde. Ich trocknete sie und klebte sie in ein Album. Schrieb all die Erinnerungen mit Füller hinein, in meiner schönsten Schrift.

Und als Oma immer schwächer wurde und man sie fortbrachte aus ihrem Garten, wickelte ich das Album in Seidenpapier und besuchte sie. Als sie starb, erzählte mir die Pflegerin, sie habe das Album jeden Tag auf dem Schoß gehabt und es angesehen. Habe an den längst getrockneten Blüten gerochen und auch später, als ihre Augen immer schlechter wurden, habe sie mit zitternden Händen die Erinnerungsstücke berührt. Und auch als sie einschlief, habe sie das Album im Arm gehabt, ein seliges Lächeln auf dem Gesicht.

Und ich wusste: Oma hatte ihren Garten nie verlassen müssen.

Carina Menzel wurde 1999 geboren und lebt bei Heidelberg. Die Lehramtsstudentin wurde in verschiedenen Schreibwettbewerben für Kurzgeschichten ausgezeichnet und veröffentlicht seit über zehn Jahren bereits Geschichten und Gedichte beim Papierfresserchen. 2017 erschien ihr Debüt-Roman „Miss of the Match", 2019 die Fortsetzung.

Blattgrün

Blattgrün
zirpt
es
aus allen Poren.

Ramona Wesselow-Krystosek lebt und schreibt in Zürich. Ihr Debüt ist das Kinderbuch „Alex' Reise nach Saphora". Neben zahlreichen Anthologiebeiträgen arbeitet sie aktuell an ihrem ersten Thriller.

Charme

Nicht jede Blüte wird befruchtet
und dennoch bietet sie ihren
ganzen Charme auf.

„Sie wachsen doch von alleine"

Ich bewundere das Konzept, mit dem meine Eltern ihren Garten angelegt haben: Sie haben die Pflanzen so ausgewählt, dass fast das ganze Jahr über etwas blüht. „Gut für die Bienen", erklärte mein Vater
und zog mit der Schaufel davon, um ein weiteres Loch für einen neuen
Strauch zu graben.

Ehrlich gesagt, hat mich die Welt der Gärtnerei damals als Schülerin
nicht interessiert. Wächst denn nicht alles von selbst?

Mama und Papa versuchten, mich zur Mithilfe zu bewegen. Um meinen guten Willen zu zeigen, schlug ich vor, auf einem Teil des Grundstücks Erdbeeren zu pflanzen – was sie, nicht ganz unerwartet, ablehn-
ten. „Okay, wenn ich nicht pflanzen kann, was ich will, dann mache ich
nicht mit." Wir ließen es dabei bewenden. Meine Eltern widmeten sich
weiterhin eifrig ihrem gemeinsamen Hobby.

Es kam der Sommer, als sie es wagten, sich für ein paar Wochen Urlaub von ihrem Garten zu trennen. Sie benutzten mich als Rasensprenger.
ger. Eine schlechte Wahl, denn ich glaubte immer noch, dass alles von
selbst wuchs. Regelmäßig gießen? Eine Verschwendung von Zeit und
Wasser!

Dementsprechend ließ so manche Staude ihre Blätter fallen, als meine Eltern nach Hause kamen. Ihre Traurigkeit über den Verlust einiger
ihrer Lieblinge machte mich betroffen. Beschämt kaufte ich Ersatz –
wenn auch nach meinem Geschmack: einen Kirschbaum (der leider
nicht gedieh) und eine Kiwi, die sich prächtig entwickelte. Doch leider
trug sie nicht die versprochenen Früchte. Entgegen der Behauptung des
Gartencenter-Mitarbeiters bestäubt die Kiwi sich nicht selbst. Was wir
allerdings erst viel später herausfanden. In den ersten Jahren dachten
wir einfach, dass sie noch zu jung sei und wir abwarten müssten.

Viele Jahre später, als mein Vater viel zu früh gestorben war und meine Mutter allein im Haus lebte, erlaubte ich mir, wieder einzuziehen.
Während meine Mutter im Garten arbeitete, entspannte ich mich auf

der Terrasse. „Warum arbeitest du so viel? Es wächst doch sowieso alles von alleine", murmelte ich. Sie zuckte mit den Schultern und werkelte weiter.

In der Sonne liegend bemerkte ich die wunderbar große Blüte der *Gloria dei*, die ihren Namen zu Recht trägt, denn er bedeutet *Ehre sei Gott*. Wie keine andere entfaltet sie sich aus einer unscheinbaren Knospe, die erst kräftig gelb ist, dann rote Flecken bekommt, um sich in zarten Pastelltönen zu strecken und sich königlich zu einer für Rosen besonders üppigen Blüte zu entfalten. Ein Fest für die Augen.

Zunächst begann ich, sie zu fotografieren. Ihr Anblick brachte mich immer mehr ins Schwärmen. Ich schaute mir die anderen Rosen an: *Matthias Meiland*, dunkelrot. *Westerland*, zartes Orange bis Rosa. *Schleswig*, kräftiges Rosa. *Friesia*, leuchtend gelb. Gierig saugte ich sie alle mit Blicken auf und versuchte, ihre Essenz in Bildern zu verewigen. Dann erinnerte ich mich, dass ich von Rosenblütenmarmelade gehört

hatte. Natürlich ist es keine echte Marmelade, weil keine Früchte verwendet werden. Aber lecker!

Matthias, Westerland und *Schleswig* schenkten mir eine Handvoll Blüten für den ersten Versuch. Um ehrlich zu sein, war ich enttäuscht: Es sieht nämlich nicht sehr appetitlich aus, wenn sich die Blütenblätter im kochenden Zuckerwasser verfärben. Wenn man nicht aufpasst, bleibt ein unansehnlicher graubrauner Sud im Topf zurück. Das kann man vermeiden, indem man die bestäubten Teile der Blätter vorsichtig abschneidet und nicht zu lange ziehen lässt, bevor man sie entfernt.

Trotzdem fand ich meine erste selbst gemachte Marmelade bemerkenswert und begann, mit Variationen zu experimentieren. Bald erfreute ich mich nicht mehr an der Schönheit der Rosen, sondern betrachtete sie gierig: Gibt es endlich wieder genug Blüten, damit ich eine neue Rezeptidee ausprobieren kann?

Immerhin interessierte ich mich zum ersten Mal für die Pflege der

Blumen. Neben Rosen wurden Lavendel, Minze und Kräuter zu meinen Favoriten. Alles, was ich kulinarisch mit Rosen kombinieren konnte. Doch ich begann zu ahnen, dass meine Liebe nicht erwidert wurde: Jedes Mal, wenn ich mich der Königin der Blumen näherte, fühlte ich mich schuldig. Vermutlich ist sie es nicht gewohnt, als etwas Essbares angesehen zu werden?

Neben der Arbeit und anderen Dingen schaffen meine Mutter und ich es nicht, uns um das gesamte Gebiet zu kümmern. Und warum sollten wir auch?

Alles wächst von selbst.

Nur die Rosen sind immer top gepflegt.

Ellen Westphal schreibt seit den 80ern. Ihre Gedichte, Geschichten und Sachtexte veröffentlicht sie unter anderem in Anthologien, Zeitschriften und im Internet. Ihre Liebe zu Rosen kommt in ihrem Rezeptbuch „Rosenblüten: Vielfalt genießen, einmal einkochen: Süße Aufstrich-Variationen mit der Königin der Blumen" zum Ausdruck.

Im Baumhaus

Im letzten Jahr war Jennifer verreist. Sie war an der See. Und dort sah sie im Garten eines kleinen Hauses im Geäst eines Baumes ein Baumhaus. Es war nicht groß, aber es sah gemütlich aus. Die Wände waren außen rot angestrichen, das Dach war mit schwarzer Dachpappe belegt und statt Fenster mit Glasscheiben waren in dem Haus einfach nur Löcher. Eine Leiter war an dem Baum angelehnt und diente so als Treppe. Es sah im Vorbeifahren urgemütlich aus.

„Papa", sagte Jennifer, „so ein Baumhaus möchte ich auch gerne haben." Papa und Mama taten so, als hätten sie es gar nicht gehört.

Der Urlaub an der See verging und Jennifer verlor während der ganzen Urlaubstage kein Wort mehr über das Baumhaus, obwohl ihr das Haus nicht aus dem Kopf ging. Das wäre zu schön!

Nachdem sie wieder zu Hause waren, konnte Jennifer aber doch nicht mehr warten und fing noch mal mit dem Wunsch nach dem Baumhaus an.

„Und wo soll das hin?", fragte Papa.

„Na, da oben auf den Baum am Zaun." Jennifer zeigte eifrig, wohin sie gern das Baumhaus haben wollte.

„Dann wollen wir mal sehen, was sich machen lässt", versuchte Papa, seine Tochter zu beruhigen. „Ich werd' mal mit dem Papa von Mara und Lisa nebenan sprechen. Vielleicht hilft der uns."

Jennifer konnte den nächsten Morgen gar nicht abwarten. Als das Frühstück beendet war, sauste sie sofort rüber zu Mara und Lisa und fragte, ob ihr Papa da sei. Als der an der Tür erschien, sagte Jennifer ganz kühn, dass ihr Papa mit ihm sprechen wolle und er doch rüberkommen solle, was er auch gleich machte. Währenddessen weihte Jennifer ihre beiden Freundinnen in ihren Wunsch ein und sofort waren auch diese beiden Feuer und Flamme für das Baumhaus. Und tatsächlich, die beiden Papas einigten sich darauf, dass am nächsten Tag die Teile besorgt werden und die Baumhaus-Bauerei beginnen sollte.

Zwei arbeitsreiche Tage später war das Haus fertig. Die Wände, der Fußboden und das Dach waren zu einem stattlichen Baumhaus auf einem alten Baum an der Gartengrenze zwischen den Gärten von Mara und Lisa und Jennifer zusammengebaut worden. Prima. Jetzt fehlten nur noch die Treppe, also eine Leiter, und natürlich Farbe und die Inneneinrichtung. Die drei Kinder schleppten Farbeimer und Pinsel heran und begannen, innen die Wände zu bemalen und die Fensterläden, also die Klappen vor den Fensterlöchern, zu verschönern. Jetzt noch einen Spiegel aufgehängt und ein paar kleine andere Dinge wie Bücher oder Kassetten hinaufgetragen und das Haus war fertig eingerichtet.

Von da an waren sie viele Stunden im Haus und spielten, kletterten an einem angehängten Seil hinauf und herunter oder schauten dort oben einfach nur aus dem Fenster. Es war ihr Haus und es war schön.

Am Samstag letzter Woche kam Lisa nun auf die Idee, doch mal eine Nacht im Baumhaus verbringen zu wollen. Sie hatte in den Nachrichten gehört, dass das Wetter schön bleiben solle und kein Regen in Sicht sei. „Wollen wir nicht im Baumhaus übernachten", fragte sie Mara und Jennifer, „oder habt ihr Angst?"

„Angst, pht, ich und Angst", prustete Mara. „Ich habe doch keine Angst, wenn ich im Baumhaus übernachte", schleuderte sie den beiden anderen gleich entgegen. „Da hat vielleicht Jennifer Angst, aber ich nicht." Jennifer hielt aber auch gleich dagegen und stritt jede Angst ab.

Sie verabredeten, dass sie ihre Eltern fragen wollten, ob sie im Baumhaus übernachten dürften, und wollten sich gleich wieder mit der Entscheidung treffen.

Und tatsächlich, ihre Eltern stimmten zu und alle drei Kinder – Mara, Lisa und Jennifer – zogen am Abend mit Sack und Pack im Baumhaus ein. Schlafsack, Taschenlampe, Kuscheltier, Kopfkissen und etwas zum Trinken wurde nach oben geschleppt. Die erste Nacht im Baumhaus konnte beginnen.

Mama und Papa von Mara und Lisa und Mama und Papa von Jennifer kamen einer nach dem anderen die Leiter nach oben geklettert, um den mutigen Kindern einen Gutenachtkuss zu geben. Dann gingen sie in ihr Haus und ließen ihre Kinder allein.

Die drei Kinder einigten sich schnell darüber, wer wo seinen Schlafsack ausrollt. Dann legten sie sich hin, jede griff sich ein Buch und ein Kuscheltier. Die Taschenlampen wurden angeknipst und alle drei vertieften sich in ihre Lektüre.

Als es so weit war, die Taschenlampen wieder auszuknipsen und zu schlafen, meinte Jennifer plötzlich, dass sie doch noch mal auf die Toilette gehen müsse. Aber ach, hier im Baumhaus gab es ja gar keine Toilette. Was denn nun?

„Dann musst du eben bei deinen Eltern klingeln, auf die Toilette gehen und danach kommst du wieder rauf", schlug Lisa vor.

Jennifer konnte nicht lange diskutieren, so dringend musste sie, sondern kletterte die Leiter hinunter, wobei sie in einer Hand die Taschenlampe krampfhaft festhielt. Die durfte sie nicht verlieren. Dann lief sie schnell zur Tür und klingelte, denn den Hausschlüssel hatte sie nicht. Mama öffnete die Tür einen Spalt. Jennifer drückte ohne Erklärung die Tür auf, lief dann eilig an Mama vorbei auf die Toilette und konnte ihr erst hinterher erklären, dass ihr ja gar nichts anderes übrig geblieben war, als zu klingeln, da sie ja keinen Schlüssel hatte. Mama war gar nicht böse und gab ihr nun für die Nacht einen Hausschlüssel mit, den sie aber gut unter ihr Kopfkissen stecken sollte, damit er nicht abhandenkam. Jennifer drückte Mama noch einmal ein Küsschen auf und verschwand mit der Taschenlampe im Garten. Flink stieg sie die Leiter wieder empor und legte sich in ihren Schlafsack.

„Mutig, mutig", flüsterte Mara, „hätte ich nicht gedacht, dass du so einfach im Dunkeln und allein ins Haus rübergehst."

„Ist doch nichts bei", antwortete Jennifer lässig und schloss ihre Augen, ihr Kuscheltier fest umklammert.

Plötzlich war ein knallendes Geräusch zu hören. Sofort saß Lisa aufrecht in ihrem Schlafsack. „Was war das?", fragte sie mit leiser, zittriger Stimme.

Mara, die neben ihr lag, schreckte auch hoch und gab als Antwort nur ein leises: „Weiß ich auch nicht", von sich. „Geh doch runter und guck nach", empfahl sie Lisa.

„Ich soll da runtergehen und nachschauen? Ich bin doch nicht vollkommen verrückt."

Jennifer aber nahm allen Mut zusammen und schlug vor: „Wir können doch alle drei mit unseren Taschenlampen runtergehen und sehen, was da los ist."

Und weil der Vorschlag von Jennifer kam, musste sie auch als Erste das Haus verlassen und die Leiter heruntersteigen. Die anderen beiden folgten ihr in der Reihenfolge – erst Mara und als Letzte Lisa. Unten angekommen, leuchteten alle drei Taschenlampen in Richtung Eingang des Gartens. Und was sahen sie in der Einfahrt stehen, das Auto von Onkel Leonhardt. Der war gekommen, um sich die Urlaubsbilder anzusehen, und hatte, nachdem er ausgestiegen war, die Autotür sehr laut zugeschlagen. Das war der Knall. Gott sei Dank nichts Schlimmeres, nur eine Autotür.

Die drei Mädchen stiegen wieder die Leiter hoch in ihr Baumhaus und legten sich hin. An Schlafen war aber im Augenblick nicht zu denken. Durch den Türknall waren sie so aufgeschreckt, dass sie erst etwas lesen mussten, um wieder einschlafen zu können.

Lisa allerdings wurde überhaupt nicht müde. Sie plapperte unentwegt. Alles, was ihr einfiel, wurde breit erzählt.

„Manno, jetzt hör aber mal auf", schimpfte Jennifer, „das geht einem ja auf den Keks. Wir wollen schlafen. Mach die Augen zu und schlafe!"

„Ja, das ist krass", fügte Mara hinzu.

Lisa aber quatsche weiter, zwar viel leiser, aber sie quasselte und quasselte vor sich hin. Wahrscheinlich wollte sie sich Mut machen und nicht zugeben, dass sie doch ein wenig Angst hatte.

Aber irgendwann, es musste schon nach Mitternacht gewesen sein, war Ruhe im Baumhaus.

Am nächsten Morgen allerdings spielte sich Folgendes ab: Da die drei Mädchen durch ihren nächtlichen Ausflug in den Garten und die damit verbundene Aufregung nicht rechtzeitig hatten einschlafen können, schliefen sie auch noch um acht Uhr früh. Ihre Eltern aber, die von dem nächtlichen Herumgeistern ihrer Töchter nichts mitbekommen hatten, dachten, alle wären wach. Als Überraschung wollten sie ihnen das Frühstück im Baumhaus servieren. Da sie nicht auf die schlafende Mannschaft stoßen wollten, zog Jennifers Papa an der Strippe, die an der Glocke befestigt war, die als Türklingel am Baumhaus befestigt war.

Bimm, bimm!!!

Jennifer, Lisa und Mara schossen gleichzeitig in ihrem Schlafsack hoch. Was war das schon wieder? Sie rieben sich die noch müden Augen.

Lisa stand zuerst auf, ging ans Fenster, klappte den Fensterladen auf und blinzelte hinaus. Die Morgensonne blendete. Nach einem Moment der Gewöhnung schaute sie nach unten und da standen sie, die Mamas und Papas. Sie brachten warmen Kakao und frische Brötchen mit Marmelade.

Lisa winkte sie hoch. Die Eltern stellten das Frühstück im Baumhaus ab und es wurde das erste und leckerste Frühstück, das die drei Mädels je bekommen hatten.

Nachdem sie sich das Frühstück hatten schmecken lassen, beschlossen sie, so oft wie möglich – und von ihren Eltern erlaubt – im Baumhaus zu übernachten. Man musste einfach nur Mut haben. Es war ein tolles Abenteuer!

Charlie Hagist wurde am 1. Juli 1947 in Berlin-Steglitz geboren. Nach Grund- und Oberschule absolvierte er eine Ausbildung zum Bankkaufmann. Während seiner Tätigkeit in der Personalabteilung des Hauses bildete er sich zusätzlich zum Personalfachkaufmann (IHK) weiter. Ehrenamtlich war er als Richter am Amtsgericht Berlin-Tiergarten, am Sozialgericht Berlin und danach am Landessozialgericht Berlin tätig. Zusätzlich stellte er sich mehrere Jahre ehrenamtlich als Mitglied des Widerspruchsausschusses der Deutschen Rentenversicherung Bund (ehem. BfA) zur Verfügung. Charlie Hagist ist verheiratet, hat einen Sohn und lebt seit Beginn seines Vorruhestandes in Dallgow-Döberitz.

So schön

Die Natur braucht keine Schminke,
um sich von ihrer
schönsten Seite zu zeigen.

Alles, was du fühlst

Alles, was du fühlst,
alles, was du bist,
alles, was du spürst ,
scheint
für immer und ewig
verwunschen ...

Ramona Wesselow-Krystosek lebt und schreibt in Zürich. Ihr Debüt ist das Kinderbuch „Alex' Reise nach Saphora". Neben zahlreichen Anthologie-beiträgen arbeitet sie aktuell an ihrem ersten Thriller.

Blätter

Blätter sind im Sommer das
Kleid des Baumes, um im Herbst
zum Mantel der Erde zu werden.

Schmerzhafte Unterbrechung

Ein Nachtfrost, früh im Spätherbstwetter,
zwickt eilig letzte Grünkohlblätter.

Bevor, was zu befürchten steht,
das Gartenjahr zu Ende geht.

Die meisten Beete sind gewendet.
Die Zeit im Garten scheint beendet.

Ein letztes Mal noch wird gegrillt.
Per Handy noch ein Gruppenbild.

Weil jetzt schon wieder Neues drängt.
Es wird Advent.

P.S.
In der Zeit an den Garten denken,
wärmt uns durch Bratäpfel verschenken!

Hartmut Gelhaar, Jahrgang 1948, Rentner, lebt in Wernigerode. Hat bereits in mehreren Anthologien veröffentlicht. Eigene E-Buch Publikationen unter: www.bookrix.de/-texter.

RISIKO

Auch
wer als Gärtner
sich bemüht,
weiß nicht,
was ihm noch
alles blüht.

Feuerdorns Rache

Ein aus des Feuerdorns Krone herausragender Zweig war mir seit Längerem ein Dorn im Auge.

Eines Tages rückte ich – mit Handschuhen und einer bloßen Gartenschere bewaffnet – dem Feuerdorn zu Leibe, konnte ihn, der sich mit Kratzen heftig wehrte, an einer Seite auch ein stückweit beugen, indem ich zunächst einige Zweige nach unten zog, bis ich einen weiter oben befindlichen dickeren Ast zu greifen bekam. Dadurch rückte der nach oben ragende Zweig, den abzuschneiden ich hoffte, in fast greifbare Nähe.

Ich stellte mich auf die Zehenspitzen und reckte meinen Oberkörper so weit ich konnte nach oben. Während die linke Hand den dicken Ast weiterhin nach unten zog, streckte ich meine mit der Gartenschere bewaffnete Hand dem zu kappenden Zweig entgegen. Wieder und wieder suchte ich durch Wiegen und Strecken meines Körpers, die Distanz zu überwinden, was mir schließlich auch gelang.

Ich öffnete die Schneideflächen der Gartenschere und durchtrennte den Zweig am unteren Schaft, spürte mich jedoch im gleichen Moment nach unten wegsacken, sodass mir, um nicht empfindlich von den Dornen gespießt zu werden, nichts anderes übrig blieb, als die Schere loszulassen, die sodann durch einen Rückstoß von mir wegschnellte, wo sie in Feuerdorns Krone verschwand.

All mein Bemühen, der Gartenschere wieder habhaft zu werden, ja, sie auch nur sichten zu können, schlugen fehl. Ich schüttelte und rüttelte am Strauch, stieg auf eine eilends herbei geholte Leiter aus, um von oben nach der Gartenschere zu spähen, die in der Krone zu liegen gekommen sein musste. Doch vergebens.

Seitdem ruht die mir im Zweikampf vom Feuerdorn entrissene Waffe verborgen an geheimem Ort in dessen verfilzter Krone und ward nicht mehr gesehen.

Nach einer wahren Begebenheit allen Hobbygärtnern zur Warnung.

__Willi Dittrich:__ 1959 geboren in Frankfurt/Main, aufgewachsen in einer Kleinstadt im Vordertaunus. Über 30 Jahre als Erzieher in einer Elterninitiativ-Kita in Berlin tätig. Veröffentlichungen pädagogischer Texte bei Cornelsen, Verlag an der Ruhr und Klett Kita. Hat mit knapp 50 Jahren erstmalig das Glück eines Gärtchens vor der eigenen Haustüre erleben dürfen und ist seitdem leidenschaftlicher Hobbygärtner.

Der Gartenschreck

Der Gärtner Krause schaut nicht schlecht,
in seinem Garten sitzt ein Specht.

Er isst die Würmer, ob groß, ob klein,
und es schmeckt ihm auch wirklich fein.

Doch was ist das? Unter der riesen Hecke
sitzt 'ne klitzekleine Schnecke!

Herr Krause schreckt auf
und rennt aus dem Haus hinaus.

Zu seinem Beet
– so schnell es nur geht!

Der Salat ist heil, na, Gott sei Dank.
Beruhigt setzt er sich auf seine Gartenbank.

Plötzlich werden seine Augen ganz groß:
Was für ein riesen Hügel ist das bloß?

Der Maulwurf schmult aus seinem Loch,
sieht Gärtner Krause und schmunzelt noch.

Der Gärtner wird bleich und holt sein Gewehr,
doch das nützt ihm jetzt auch nichts mehr.

Der Garten ist komplett zerstört,
ein Hügelmeer, das jeden empört.

Gärtner Krause bricht in Tränen zusammen,
denn die Karotten rennen von dannen.

Die Hasen hoppeln mit ihnen davon,
denn sie lagen um die Hügel herum.

Herr Krause schreit: „Ich will nicht mehr!
Gebt mir meine Karotten her."

Der Möhrensalat ist nun vorbei,
er holt sich jetzt ein Hühnerei.

Er schmeißt das Ei in seine Pfanne,
der Kaffee ist schon in der Kanne.

das Spiegelei bleibt ihm im Halse stecken,
der Schreck lässt den Kaffee über die Hose erstrecken.

Plötzlich sitzt Gärtner Krause in seinem Bett
und man sieht ihm an, seinen Gartenschreck

Es war ein Traum, was für 'ne Wende!
Die Geschichte ist nun zu Ende!

Schüler und Leitung des Buchclubs der Mildred-Harnack-Schule:
An der Mildred-Harnack-Schule in Berlin gibt es einen Buchclub. Hier
werden Schüler zum Schreiben eigener Geschichten animiert. Dieses Mal
haben sich alle an einem Würfelgedicht versucht und das Thema der Aus-
schreibung dazu benutzt. Es haben dabei folgende Dichter mitgewirkt:
Emilia Paulina Jahn (Pauli) 13 Jahre alt, Gina Joanne Grothe 13
Jahre alt, Feliks Thiele 18 Jahre alt, Patrizio Valori 19 Jahre alt,
Luca Valori 16 Jahre alt, Anke Ortmann 44 Jahre alt und Susanne
Kühn 47 Jahre alt.

Der Garten des alten Mannes

Die Sonne geht über das glitzernde Weiß der dunklen Jahreszeit. Es ist bald Frühling und die Krokusse haben sich schon durch die Pracht gedrückt und strecken ihre Köpfchen dem Licht entgegen. Das Eichhörnchen in seiner Baumhöhle hebt den Schwanz, um kurz nach draußen zu sehen, aber es ist ihm noch viel zu früh, daher versteckt es wieder sein Gesicht in seinem buschigen Fell.

Die Terrassentür geht auf. Da muss es dann doch mal schauen, was der Mensch Leckeres für es hat. Dieser alte Mann wirft Futter für die Vögel hin. „Als wenn sie es im Schnee überhaupt finden würden", denkt sich das Eichhörnchen und streckt sich. Vorsichtig läuft es den Ast entlang. *Patsch* macht ein Stück Schnee, das auf dem Ast gelegen hat, auf dem Boden.

„Na, komm", sagt der Mann zu dem Tier und hält eine Haselnuss hin. Doch es putzt lieber sein Fell. Es weiß, wenn es abwartet, lässt er es auf dem Tisch liegen und dort sind die Leckereien schnell geholt.

Lachend legt der Mann dann die eine Nuss hin. Er geht zu der Tür der Gartenhütte. Warmer, erdiger Geruch strömt heraus. Für einen Moment schließt das Eichhörnchen seine Lider und freut sich auf die Veränderung. Bald wird dieser Garten wieder erblühen. Der alte Mann hegt und pflegt das Obst, das Gemüse und die Blumen immer mit Hingabe. Schon viele Jahre verbringt das Eichhörnchen die Zeit bei dem alten Mann. Er liebt seine Pflanzen sehr. Selbst zwei Sträucher mit Nüssen befinden sich auf diesem Grundstück. Und diese Nüsse schmecken dem Eichhörnchen sehr.

„So", hört es von dem Mann, der eine Kiste herausholt und auf den Tisch neben die Nuss stellt. Sein Blick geht über die noch leicht bedeckten Beete. „Was säe ich denn dieses Jahr an?"

Jedes Jahr stellt er sich diese Frage, doch im Grunde sucht er immer das Gleiche aus: Bohnen, Tomaten, Rosenkohl, Zucchini, Salate und anderes Gemüse. Natürlich ist sein nächster Griff zu den Sonnenblumen und den Kräutern. „So", sagt er erneut und bringt die Kiste zurück in die kleine Gartenhütte. Das Eichhörnchen läuft weiter den Ast entlang, bis es genau über dem Tisch ist. In diesem Moment kommt der Mann zurück und das Eichhörnchen verliert den Halt, weil es zurückschreckt. Das *Klong* vom Aufkommen auf die Tischplatte lässt den alten Mann aufsehen.

„Ach, du Schreck!", ruft er aus und eilt zu dem Tier. „Kein Blut", sagt er erleichtert. Aber was jetzt? Er will es nicht verletzen, doch es braucht Wärme. Mit ins Haus will er das Eichhörnchen nicht nehmen, es ist ja schließlich ein Wildtier.

Aus dem Haus holt er einen Karton, schichtet darin Papier und Holzspäne. Vorsichtig mit einer Schippe hebt er es hoch und pustet den Schnee von dem dunkelbraunen Fell.

„So", murmelt der Mann in seinen nicht vorhandenen Bart, während er das Tier in den Karton legt. Locker lässt er die Laschen den Inhalt verstecken. Schnell eilt er mit dem Karton ins Haus und ruft den Tierarzt an.

„März?", brummt dieser ins Telefon.

„Grau hier."

„Ach, Heinrich, was gibt es denn?"

„Mein Gartenmitbewohner, das Eichhörnchen, ist auf meinen Tisch geknallt. Er blutet nicht, aber was soll ich machen?"

„Aber er atmet?"

„Ja." Kurz hebt der Mann die Lasche hoch und sieht hinein. Eindeutig bewegt sich das Bäuchlein. „Ja, definitiv."

„Weißt du was, ich bin gleich bei Jürgen, dann komme ich bei dir vorbei und schau mir das kleine Tierchen mal an."

„Danke, dann bis gleich", sagt er und blickt durch das Fenster zu dem Bauernhof des Nachbarn.

„Ja, bis gleich."

Sie legen auf.

An der Tür der Hütte stellt er den Karton mit dem Patienten, so steht er zumindest trocken. Und wenn das Eichhörnchen wieder munter ist, kann es sofort losflitzen. Er holt die Anzuchtkisten heraus, platziert den frischen Mutterboden auf dem Tisch und schüttet ihn hinein. Die Tomatensamen werden drauf verteilt, darauf dann wieder eine dünne Schicht Erde. So macht er es mit jedem Gemüse. Anschließend besprüht er alles mit Wasser und stellt die Kisten in die Hütte. Manche kommen unter die Wärmelampe, andere lässt er so stehen. So macht er es schon immer. Danach sind die Blumen dran und schlussendlich das Obst für die Kinder aus der Nachbarschaft. Sie sammeln ständig die ganzen Kerne von Erdbeeren, Äpfel, Himbeeren ... und bringen sie ihm. Er lacht darüber. Wenn er alles anpflanzen würde, hätte er eine Obstplantage.

Gerade als er alles fertig hat und sich einen Kaffee macht, klingelt es an der Tür und der Tierarzt steht vor ihm. „Das ging ja fix."

Lachend stimmt der junge Mann zu. „Wo ist der Patient?"

„Vielleicht ist es ja auch eine Patientin", wirft der alte Mann ein und zeigt in Richtung Garten.

Der Tierarzt schmunzelt und folgt der Geste.

Sie treten aus der Terrassentür und erblicken, wie in diesem Moment etwas Dunkelbraunes über den weißen Boden rennt und den Baum hinaufflitzt.

„Als wenn es darauf gewartet hätte, dass ich komme", scherzt der Arzt.

„Und ich hab mir Sorgen gemacht! Du bekommst keine Nuss mehr", brummt der alte Mann dem Tier zu.

Das Eichhörnchen sitzt am Anfang des Astes und putzt sich. Auch wenn der Alte motzt, wirft er die Nuss vom Tisch zum Baum hin.

„Du verwöhnst es zu sehr, Heinrich."

„Auf den Schreck hat es sich die Nuss verdient." Er sieht zu dem jüngeren Mann. „Willst noch selbst gemachten Apfelmus mitnehmen für deine Mühen?"

„Da sag ich nicht Nein."

Luna Day *wurde 1982 in Wertingen geboren und wuchs in Augsburg auf, wo sie immer noch mit ihrem Mann und ihren zwei Kindern lebt. Sie tippt Kindergeschichten, aber auch Fantasy- und Liebesgeschichten.*

Brachzeiten

Das Gedeihen von Blumen und
Pflanzen kann uns lehren:

Der Mensch soll ruhig blühen,
aber auch die Brachzeiten ehren.

Eine Katze
namens Samuel

Die Sonne kitzelt mich sanft an meiner Nase. Ich ziehe die Bettdecke über meinen Kopf und drehe mich nochmals um, doch weiterschlafen kann ich nicht. Schließlich verspricht es ein herrlicher Sommertag zu werden und in meinen Gedanken sehe ich mich schon durch den Garten laufen. Ich öffne langsam die Augen, denn durch die Vorhänge scheinen immer mehr Sonnenstrahlen in mein Schlafzimmer. Es ist Wochenende und ich will viel Zeit in meinem Garten verbringen. Mein kleines Paradies direkt vor der Haustür bedeutet Freiheit, Kreativität, Ausgewogenheit und Leidenschaft. Ich kann es kaum erwarten, mich anzuziehen, zu frühstücken und das Gras unter meinen Füßen zu spüren.

Nach gut einer Stunde schlüpfe ich in meine Gummistiefel, ziehe Schürze und Handschuhe über, packe meine Gartenausrüstung zusammen und stolziere erhobenen Hauptes hinaus. Ich beginne direkt an meinem Lieblingsplatz – der Kräuterspirale. Ich liebe diesen himmlischen Duft nach der Ferne Italiens. Aber Moment, was steigt mir da plötzlich für ein unangenehmer Geruch in die Nase? Ich schaue mich um und wundere mich, was da so übel riecht. Plötzlich sehe ich mitten zwischen meinen Kräutern das Häufchen einer Katze.

„Oh man, nicht schon wieder", schimpfe ich leise vor mich hin. In letzter Zeit finde ich immer häufiger Katzenkot oder Verwühlungen im Garten. „Diese dummen Katzen. Warum haben sie sich ausgerechnet meinen Garten zum Verwildern ausgesucht?"

Wundentbrannt gehe ich eine Schaufel holen und entsorge den Kot in der Mülltonne. Ich habe schon unzählige Minzesorten angebaut, denn laut einem Gartenforum soll das ätherische Aroma Katzen fernhalten. Doch mal wieder scheint an diesem Tipp nichts Wahres dran zu sein, zumindest in meinem Fall hilft es gar nicht. Es erscheint mir eher, als ob Katzen durch den leckeren Geruch nach Minze angezogen werden.

Nachdem ich meinem Ärger beim Umgraben Luft verschafft habe,

widme ich mich wieder meinem geliebten Kräuterbeet. Ich habe Kamille, Salbei und Zitronenverbene als neue Heilpflanzen gekauft und pflanze sie ein. Um die Kräuter herum säe ich Ringel- und Kornblumen aus. Diese Blumen sind nicht nur schön anzusehen, sondern können auch als schmückende Beiwerke in Teemischungen verwendet werden.

Nun schneide ich verblühte Dahlienblüten und Pfingstrosen ab, pflanze eine Bartnelke sowie neue Rosen. Heute Abend muss alles glänzen und schimmern, schließlich kommt meine Familie zum Grillen vorbei und möchte die bunte Blütenpracht bewundern. Als ich ein großes Insektenhotel und eine Vogeltränke aufstelle, schweift mein Blick über die ersten Gladiolen – diese Blumen dürfen in meinem Garten nicht fehlen, denn es waren die Lieblinge meiner Oma.

Plötzlich höre ich ein leises Miauen hinter mir und zucke zusammen. Eigentlich kann es nur die Katze sein, die für die ganze Schweinerei in meinem Garen verantwortlich ist. Ich drehe mich langsam um und möchte das Mistvieh vertreiben. Doch als ich mich umdrehe, rutscht mir das Herz in die Hose. Ich blicke in die leuchtenden Augen einer kleinen schwarzen Katze. Sie schaut mich traurig an und ich kann nicht anders, als sie zu mir zu locken. Die Katze kommt direkt angestromert, schmust sich an meine Beine und genießt es, gestreichelt zu werden. Sie ist so weich, herzlich und einfach unwiderstehlich süß.

Ich mache eine kurze Pause, setze mich in einen Gartenstuhl und trinke ein Glas Wasser. Die Katze folgt mir auf Schritt und Tritt, setzt sich ebenfalls auf einen freien Stuhl und leckt sich die Pfoten. Ich schaue sie immer wieder an und dann sehe ich plötzlich Samuel in ihr. Samuel, ein guter Freund von mir, der vor einigen Wochen bei einem Unfall ums Leben kam. Ich musste ihn schweren Herzen ziehen lassen und vermisse jeden Tag seine Lebensfreude und liebenswürdige Art. Die Katze erinnert mich so sehr an ihn – wie sie in dem Gartenstuhl sitzt, wie sie mich ansieht und wie verschmust sie ist. Vielleicht hat mir Samuel die Katze geschickt, denn wenn ich mich recht entsinne, haben die Schweinereien in meinem Garten erst nach der Trauerfeier begonnen.

Die Katze geht von dem Stuhl, nimmt einen Schluck Wasser aus der Vogeltränke und springt auf meinen Schoß. Ich weiß zuerst nicht, wie mir geschieht, doch ich kann ihr nicht widerstehen, lasse sie auf meinem Schoß gewähren und streichle sie. Meine noch ausstehende Gartenarbeit habe ich bereits vergessen. Ich schaue der Katze direkt in die

Augen und erzähle ihr, was für Ähnlichkeit sie mit Samuel hat. Als sie seinen Namen hört, miaut sie laut auf und schmust sich noch mehr an mich. Das muss ein Zeichen sein – nicht Samuel hat mir die Katze geschickt, sondern Samuel wurde als Katze wiedergeboren. Warum sollte es nicht auch ein Leben nach dem Tod geben?

Ich blicke auf die Uhr und stelle fest, dass es bereits früher Nachmittag ist. Die Zeit verging wie im Fluge und ich muss mich nun sputen, denn in zwei Stunden kommt meine Familie. Ich erhebe mich vom Stuhl, schneide zwei Sträuße Lavendel ab, ernte Thymian für die Grillmarinade, säe Sonnenblumen aus und zum Schluss ernte ich das Unkraut. Nun sind alle Arbeiten erledigt. Ich stelle den Tisch in den Garten, decke ihn ein, stelle Stühle herum und bereite den Grill vor – meine Familie kann kommen. Ich blicke mich um und halte Ausschau nach der Katze, doch sie ist verschwunden.

Meine Familie ist vom Garten völlig überwältigt und findet ihn bezaubernd. Ganz besonders fasziniert sind sie von meiner Kräuteraus-

wahl. Als ich ihnen von meinem Erlebnis mit der schwarzen Katze erzähle, halten sie mich jedoch für verrückt und meinen, ich sei heute zu lange in der Sonne gewesen.

Aber in den kommenden Wochen hatte ich tatsächlich immer wieder Besuch von der kleinen Katze. Jeden Nachmittag kam sie. Ich streichelte sie, gab ihr eine Schüssel Wasser und manchmal ein Leckerli. Die Schweinereien in meinem Garten hatte ich inzwischen total vergessen, da ich der süßen Katze einfach nicht böse sein konnte.

Am Ende des Sommers verreiste ich zwei Wochen in den italienischen Süden. Ich hatte eine fantastische Auszeit und habe viel über mediterrane Kräuter gelernt. Der Alltag, der Kummer und die Sorgen waren vergessen. Bei meiner Rückkehr saß die schwarze Katze vor meinem Gartentor und wartete sehnsüchtig auf mich. Ich blickte sie an, blieb kurz bei ihr stehen und kraulte sie am Kopf. Da ich von der Rückreise sehr erschöpft war, brachte ich zunächst meine Koffer ins Haus, sortierte die Post und trank ein Glas Saft. Auch der Katze wollte ich eine Schale mit Wasser füllen, doch als ich in den Garten zurückkam, war sie verschwunden.

Von diesem Tag an habe ich die Katze nie wieder gesehen – weder bei mir noch woanders im Dorf. Sie blieb verschwunden. Vielleicht hat die Katze gespürt, dass ich die Trauer um Samuel verarbeitet hatte, ich kann wieder lachen, wenn ich seinen Namen ausspreche, und ich kann an die Zeit mit ihm zurückdenken, ohne Tränen in den Augen zu haben. Und wer weiß, vielleicht zieht die Katze namens Samuel nun durch die Landschaft, so wie er es sich immer gewünscht hat.

Bei jedem Salat mit eigenen Kräutern oder einem selbst gemischten Tee denke ich an die Erlebnisse mit der kleinen schwarzen Katze und meinen besten Freund namens Samuel.

Julia Kohlbach wurde 1995 in Thüringen geboren. Nach erfolgreichem Studium der Bibliotheks- und Informationswissenschaft arbeitet sie als Bibliothekarin. Wenn sie sich nicht gerade dem Kreativen Schreiben widmet, geht sie wandern, arbeitet im Garten oder fertigt Handarbeiten an. Erste Veröffentlichungen erfolgten in den Anthologien „Bücher, die uns bewegten"; „Liebesgrüße aus Napoli", „Das Rad der Zeit ... ein Stück Ewigkeit", „8. Bubenreuther Literaturwettbewerb 2022" sowie im Online-Magazin KKL.

Mein Garten und ich

Die ersten Strahlen der Märzsonne wärmten mein Gesicht, langsam erwachten alle anderen Bewohner meines Gartens. Ich freute mich so sehr, denn heute war der große Tag, schon seit Wochen sah ich den grünen, kleinen Schösslingen beim Kampf zu. Sie gruben sich mit unglaublicher Kraft aus dem Erdreich, um die Sonne zu erreichen.

Meine Mutter trat lächelnd aus dem Haus, in der Hand eine Kiste. Sofort machten wir uns an die Arbeit, die wärmende Schicht aus Blättern, die wir im Herbst als Frostschutz gestreut hatten, wegzunehmen. Am Schluss war es meine große Aufgabe, die Blumen das erste Mal anzugießen. Meine Mutter fragte mich: „Bist du bereit, Lilia? Bleib mit dem Wasserstrahl am Boden, denn wenn du die Blätter berührst, verbrennen sie in der Sonne." Ich nickte entschlossen.

Als ich fertig war mit meiner Arbeit, lächelte mich meine Mutter stolz an. Alles Wissen über Pflanzen brachte sie mir bei, denn die Natur war so spannend. Während ich fleißig gearbeitet hatte, hatte sich in vielen anderen Ecken und Enden des Gartens das Leben geregt. Der Igel war gähnend aus seinem Winterbau gekommen, bereit, ihn zu verlassen, denn endlich war der Boden nicht mehr gefroren und bot reichlich Nahrung. Die Mäusefamilie unter dem Sockel des Hauses streckte sich und schlief weiter, denn sie war lange unterwegs in der Nacht, da sie sich den Bauch vollgeschlagen hatte mit Vogelknödeln. Die Vögel derweil zwitscherten lauter als sonst, denn nun war die Zeit der Partnersuche gekommen.

Ich sah meine Mutter an, dann fragte ich sie: „Was soll ich sonst noch machen?"

Mit einem Lächeln antwortete sie: „ Jeden Tag früh und abends gießen bis zum Mai. Dann müssen die alten Pflanzen raus und die neuen rein. Vergiss die Bäume und Büsche nicht." Mir klappte der Mund auf und ich stöhnte laut auf bei der Vorstellung, lachend ging meine Mum ins Haus.

So schuftete ich Tag für Tag, um den Garten in Schuss zu halten, doch es gab dabei viel zu sehen. Schwärme von Bienen flogen über die Blumen hinweg, damit sie alle ihren magischen Staub über jede Pflanze streuen konnten. Nur so konnte alles wachsen. Doch es gab auch Schattenseiten, die fast nicht sichtbar waren, doch wenn man genau hinsah, konnte man Kämpfe sehen. Die Wespe wurde jedes Jahr aggressiver, weil sie nichts zu essen fand, deshalb griff sie immer wieder Bienen an und sogar ihre eigne Art.

Ich saß gerade da, in der Hand mein Lieblingsbuch, da kam meine Mutter von der Arbeit – in den Händen mehrere Blumen und eine andere Pflanze, die ich noch nie gesehen hatte. „Schau mal, hab ich dir mitgebracht. Ein paar Begonien, die als einzige Pflanzen nicht von den Schnecken gefressen werden. Und Tomaten, die viel Licht brauchen. Bereit für Lektion zwei?", rief meine Mutter fröhlich.

Mit einem Satz war ich bei ihr bereit wie noch nie. Gemeinsam holten wir die alten Pflanzen aus der Erde und pflanzten die neuen ein. Dabei begegneten uns im Erdreich vielen Tieren. Zum einen die Regenwürmer, die sich träge durch die Erde gruben. Oder die Spinnen, die ihre Netze zwischen den Blumen gespannt hatten. Besonders war ich auf die Tomatenpflanze gespannt, die so klein war. Doch meine Mutter versprach mir, dass sie mit viel Liebe und Zeit prächtig hoch wachsen würde.

Der Sommer verging wie im Flug, denn ich lernte nie aus. Und zu sehen gab es genug. Wie versprochen, kümmerte ich mich ständig um alle meine Pflanzen, doch vor allem um meine Tomate, die sich prächtig entwickelte. Erst waren die Tomaten daran grün, doch mit viel Sonnenlicht wurden sie immer röter, bis ich sie geschickt abzupfte und mir in den Mund schob. Auch alles andere wuchs wie irre.

Als der Sommer weiterzog, machte er Platz für eine neue, spannende Zeit – nämlich den Herbst. Er war rau und brachte noch mehr Arbeit. Meine Mum kam eines regnerischen Tages zu mir, sie sagte: „Lilia, wir müssen die Sommerblumen rausmachen und die Zwiebeln fürs nächste Jahr setzen."

Ich stöhnte und mit Blick nach draußen rief ich empört aus: „Hallo? Es regnet draußen! Ich will lieber hier entspannen, das kann man doch wohl auch noch wann anders machen. Wir haben doch noch Zeit."

„Tja, das ist dein Problem, denn das hast du schon vor drei Wochen gesagt. Jetzt oder nie, sonst kommt der Winter. Es ist ja schon November." Mit diesen Worten warf sie mir eine Jacke zu. Nörgelnd zog ich sie an, danach folgte ich ihr in den Garten.

Mit peitschendem Regen im Gesicht erklärte mir meine Mutter, was ich zu tun hatte. „So. Die alten Blumen raus, danach ein Loch graben. Und nicht vergessen, dann die Zwiebeln." Nach diesen Worten machte ich mich an die Arbeit. Immer wieder klatschte der Wind mir das Wasser ins Gesicht. Ich schwor mir, nie wieder so etwas so spät im Herbst zu machen.

Die nächsten Wochen brachte ich damit, das Laub wegzubringen, denn auch mit einem Baum hatte ich mehr als genug zu tun. Später waren es fünf und zusätzlich musste ich noch unser Laub aus dem Garten des Nachbarn holen, das über den Zaun gefallen war und der sich beschwert hatte. Eine schlimmere Strafe gab es wohl nicht, als ständig dieses Laub zu rechen.

Endlich – das Jahr neigte sich dem Ende, Schnee war über Nacht gekommen. Mit freudigem Aufschrei zog ich mir meine Wintersachen an, denn ich wollte, so schnell es ging, den ganzen Tag Schlitten fahren. Gerade als ich aus dem Haus laufen wollte, kam meine Mutter aus der Küche und fragte mit einem Grinsen: „Wo willst du denn so schnell hin? Hast du nicht etwas vergessen? Du musst den kompletten Gartenweg vom Schnee freiräumen, danach klopfst du mit der Schaufel die Äste ab, sonst gehen sie kaputt durch die Last des Schnees. Damit die Vögel was zu essen haben, holst du noch das Vogelfutter rauf und füllst das Vogelhäuschen auf. Als Letztes wirst du noch den Bürgersteig räumen und streuen. Dann kannst du meinetwegen zum Schlittenfahren." Sie winkte sie mir fröhlich zu.

Als ich das Feuerwerk an Silvester betrachte, dachte ich: „Oh man, das war vielleicht ein hartes Jahr mit so viel Arbeit, doch es war auch spannend und aufregend. Es gibt noch viel zu entdecken und lernen in meinem eigenen Garten." Mit diesen Worten begrüßte ich das neue Jahr.

Martina Krall hat sich klein auf das Lesen von ihrer Mum abgeschaut, deswegen hat sie auch ihre Zeit viel lieber in einer Bibliothek verbracht als woanders. Nun hat sie begonnen, eigene Texte zu schreiben.

Endlich kaputt

Ob es nun mit, ob es ohne oder ob es durch teilweisen Einfluss des Menschen geschieht, sei nun erst einmal dahingestellt. Tatsache ist: Die Sommer werden immer heißer. Dementsprechend erfreuen sich aufstellbare Garten-Pools wachsender Beliebtheit und jeder denkt, es wäre das Nonplusultra, einen solchen Pool zu besitzen. Ist es auch zunächst einmal. Vierzig Grad draußen? Sofort hinein, ohne erst eine Badetasche packen und irgendwo hinfahren zu müssen. Selten wohnt man ja direkt neben dem Freibad! Und haben wir einen Garten-Pool, so gehört er uns ganz allein! Hier müssen wir unsere Umgebung nicht mit übergewichtigen, tätowierten Machos und lauten, bildungsfernen Zeitgenossen teilen. Auch nicht mit Nackedeis, die uns ungebeten die *Hängenden Gärten der Semiramis* präsentieren. Oder gar mit Hunden, die uns neben das Badetuch koten, während ihr Herrchen unschuldig beteuert: „Das macht der sonst nie! ..." Aber auch die seiteneinspringenden und im Becken Ball spielenden Halbstarken sind, hat man einen Pool im eigenen Garten, erst einmal passé.

Und gehören wir etwa selbst zu all den gerade genannten Personenkreisen: ebenfalls Wurscht, denn endlich besitzen wir – egal, wie klein er auch sein mag – einen Pool, an dem wir allein das Sagen haben!

Vorbei inzwischen auch die Zeiten, da man mit eigener Klein-Badeanstalt ein schlechtes Gewissen haben musste, wenn im August die Nachbarskinder mit schweißbeperlter Stirne und großen Augen hinterm Maschendrahtzaun standen und man als Unmensch galt, hätte man sie nicht herübergebeten und mit baden lassen. Denn die Nachbarn können sich zum Glück nun meistens auch alle ihren eigenen Garten-Pool leisten und einige besitzen jetzt gar noch einen viel größeren, als wir ihn damals hatten.

Jawohl, hatten! Inzwischen haben wir nämlich keinen mehr, und bis zum Ende dieser Geschichte wird auch jeder nachvollziehen können, weshalb.

Denn nur wer bisher noch nie einen eigenen Pool gehabt hat, findet ihn wirklich toll und wünscht sich einen solchen. Oder aber jene, die über genügend Personal verfügen, auf das sie all die mit diesen Groß-Planschbecken verbundenen Lasten und Ärgernisse abschieben können. Gekauft sind sie ja schnell, aufgestellt und mit Wasser befüllt ebenfalls. Aber dann: Wer reinigt den Filter, fischt dauernd Algen, Blätter, Insekten und anderes Geschwimmsel heraus und deckt das Ding abends mit der dafür vorgesehenen Plane ab, damit nicht noch mehr Zeug ins Wasser fällt? Letzteres übrigens eine Aktion, bei der man meistens zwei Personen benötigt! Und dann wäre da noch das lästige Flicken der Löcher, die der Pool nach einer Zeit bekommt ...

So ging es auch uns. Dabei hatten wir mit unserem ersten Pool zunächst ziemliches Glück, denn den kauften wir noch vor der Finanzkrise 2008. Manche mögen es für eine Verschwörungstheorie halten, aber ich behaupte: Vieles von dem, was ich vor 2008 gekauft habe, hatte damals einfach noch erheblich bessere Qualität. Auch der vor 2008 gekaufte Pool hielt lange Jahre. Er war, soweit ich mich erinnere, auch noch nicht in China hergestellt, doch auch er musste eines Tages ausgetauscht werden.

Danach entschieden uns für ein Modell mit Außengestell. Weil wir für den neuen Pool nun erheblich mehr bezahlt hatten, waren wir der Meinung, mit dem neuen Kauf jetzt nicht nur einen größeren, sondern auch einen noch viel besseren unser Eigen zu nennen. Aber weit gefehlt! Schon nach kurzer Zeit gingen beim neuen Pool dauernd Klebenähte auf und Gestängeteile verbogen sich. Auch verstrichen kaum vierzehn Tage, in denen der Pool nicht irgendwo ein Loch bekam, und das, obgleich wir mit dem Pool sehr schonend umgingen. Im dümmsten Falle, wenn sich das Loch etwa im Bodenbereich befand und recht groß war, musste gar das ganze Wasser abgelassen werden, um es zu flicken. Immerhin will ich aber – bei aller Kritik und um endlich einmal etwas Positives zu vermerken – zugutehalten, dass auf dem Pool in etwa dreißig Sprachen von Armenisch bis Zulu darauf hingewiesen wurde, dass man erstens – wer hätte auch das gedacht! – im Wasser ertrinken kann und dass zweitens akute Verletzungsgefahr besteht, wenn man etwa vom Balkon aus in den nur einen Meter tiefen Pool springt.

So trieben wir, während wir im Wasser saßen und dabei immer wieder neue Löcher fanden, Sprachstudien und lachten vor allem über die niederländischen Aufschriften mit der *Gebruiksaanwijzing* für das *Swem-*

baad, das Kinder nur unter der Aufsicht eines *Vollwassenen,* das heißt eines Erwachsenen, benutzen sollten. Ansonsten trauerten wir unserem alten Pool nach, der in etlichen Jahren nur zweimal überhaupt ein Loch gehabt hatte. Der neue Pool war eben – anders als sein Vorgänger – made in China, wenngleich man diese Tatsache durch die Aufschrift *made in PRC* zu verschleiern versuchte, in der Hoffnung, der Mehrheit der Kunden wäre diese englische Abkürzung für *People's Republic of China,* Volksrepublik China, nicht geläufig.

Alles in allem nahmen Arbeitsaufwand und Ärger mit dem Garten-Pool in Relation zu der Zeit, in welcher er uns hätte Freude bereiten sollen, über die Maßen zu. Frust bereitete, je heißer der Sommer wurde, um so mehr auch die Abdeckplane, die so langsam vor sich hin zerfaserte, um sowohl das Wasser als auch die übrige Umwelt mit weiterem Mikroplastik anzureichern.

In jedem Herbst war dann komplettes Wasserlassen, äh, Wasserablassen angesagt. Dies gestaltete sich in unserem Garten wenigstens insofern einfach, da wir auch einen tieferliegenden Gartenteich besitzen und so mittels eines Schlauches durch Ansaugen und nach dem Prinzip der kommunizierenden Röhre den Pool leerlaufen lassen konnten, wobei der Leerlaufprozess etwa einen Tag benötigte! Immer wieder habe ich mich jedoch gefragt, wie es eigentlich jene veranstalten, die in ihren Gärten nicht über tieferliegende Teiche verfügen …

War der Pool leer und auch die letzten Wassernüssel mühsamst entfernt, stellte sich dann allherbstlich die Frage: Wohin nun mit dem monströsen Ding? Während der alte Pool noch gut zusammengefaltet in irgendeinem Eck des Gartenhäuschens untergebracht werden konnte, sah es beim neuen schon viel kritischer aus. Er verhielt sich beim Zusammenlegen wie ein störrischer Esel, sodass wir stets noch einmal einen letzten warmen Tag abwarten mussten, an dem wir ihn in der Sonne ausbreiten konnten, damit er geschmeidiger würde. Auch sollte der Pool ja noch trocknen, damit er in zusammengefaltetem Zustande nicht etwa Stock und Schimmel anheimfiele. Doch auch das war kein einfaches Unterfangen: Hatte man die eine Seite endlich vollkommen trocken bekommen und den Pool gewendet, um auch die andere Seite zu trocknen, so war anschließend die erste Seite von unten her wieder mit Feuchtigkeit beschlagen. Wir halfen dem dann etwas ab, indem wir den Pool über einen Gartentisch breiteten und so Kontakt mit dem Boden möglichst vermieden.

Doch bald schon zeigte sich das nächste Problem: Neben dem sperrigen Kunststoffplanenkuddelmuddel lagen da nun im Gegensatz zum alten Pool plötzlich noch zwei Dutzend Gestängeteile. In irgendeinem Garageneck fand sich tatsächlich Platz dafür, doch die Vorstellung, den ganzen Firlefanz im Frühjahr wieder aufbauen zu müssen, führte uns angesichts der immer milder werdenden Winter eines Herbstes zu der Entscheidung, den Pool einfach im Garten zu belassen.

Dabei wurden wir aber mit dem Problem konfrontiert, dass der Pool, da nun ohne Wasser, leicht von Herbst- oder Winterstürmen weggeweht werden konnte. Dem begegneten wir, indem wir das Gestänge mit Campingseilen und Zeltheringen abspannten. Dabei fiel uns aber ein, dass, wenn es regnete oder schneite, sich der Pool allmählich wieder füllen und, da wir im Winter keine Filter- und Reinigungsanlage betreiben wollten, mit Algen und allerlei Zeug versetzen würde. Das konnte auch die inzwischen im Sommerschlussverkauf neu erworbene Poolabdeckung nicht verhindern, bei der – ganz im Gegenteil – die Gefahr bestand, dass sie die Niederschläge in ihrer Mitte erst richtig sammeln und schließlich, wenn alles zu schwer geworden war, mit einem großen Platsch wieder dem Becken übergeben würde.

Damit genau dies nicht geschähe, kamen wir auf die glorreiche Idee, in die Mitte des Beckens eine Stange zu stellen und dann die Poolabdeckung darüber zu spannen, das Ganze einem Zirkuszelt ähnlich. Zunächst musste ein Brettchen gefunden werden, das wir unter der Stange platzierten, damit diese kein Loch in den Beckenboden stieß. Einer hielt nun die Stange fest, während zwei andere die Poolabdeckung abspannten, wobei es nicht leicht war, alles so zu arrangieren, dass der Stangenhalter noch aus dem Pool unter dem *Zirkuszelt* hervorkrabbeln konnte, ohne dass die Stange danach wieder umfiel.

Aber es gelang. So weit, so gut. Doch die Konstruktion krankte alsbald dann daran, dass die Stange in der Mitte eben nicht hielt und zu ihrer Neuerrichtung die an allen Seiten abgespannte Poolabdeckung wieder hätte entfernt werden müssen. Da dazu niemand wirklich Lust hatte, lag die Abdeckplane nach einigen Tagen schließlich, wie erwartet, im Becken, das sich aufgrund des mangelhaften Engagements der Familienmitglieder und durch zunehmende Regenfälle bald zu einem Viertel mit Wasser gefüllt hatte. Irgendwann kümmerte sich gar niemand mehr um den Pool und jeder, der an ihm vorbeigehen musste, schaute voller schlechtem Gewissen in die andere Richtung.

Dann, in einer Novembernacht, erwachte ich durch einen Sturm, der so stark war, dass ich fürchtete, er könne mir mein Dach abdecken. Doch der Sturm war gnädig: Als ich am Morgen darauf in den Garten kam, sah ich, dass ich zwar noch alle Pfannen auf dem Dach hatte, er aber dafür den Pool aus allen seinen Verankerungen gerissen, in den Kirschbaum geblasen und dabei ziemlich zerfetzt hatte. Auch das Gestänge war zerbrochen. Meine Trauer hielt sich indes in Grenzen. Dennoch fotografierte ich den Schaden, um ihn meiner Versicherung zu melden, wobei ich mir jedoch bereits zu jenem Zeitpunkt ziemlich sicher war, selbst im Falle einer Zahlung nicht noch einmal einen Pool kaufen zu wollen. Eine Woche später kam auch prompt die negative Antwort der Versicherung: Sie könne leider nicht zahlen, da der Versicherungsvertrag für mein Haus nur Schäden an immobilen Teilen abdecke …

Wie ich mich freute! Weil wir nämlich kein Geld bekamen, bestand nun noch viel weniger die Gefahr, dass meine Familie noch einmal einen neuen Pool einfordern würde. Meine Tochter war jetzt ohnehin schon in dem Alter, in dem sie lieber mit Freundinnen Spaßbäder besuchte, anstatt mit der Familie im Gartenpool zu planschen. Und wenn man einmal ernsthaft nachrechnet, was so ein Pool wirklich kostet und auch den Ärger und die aufgewendete Zeit in barer Münze ausdrücken wollte, kann man hierfür – Prolls hin oder her! – wirklich sehr oft ins Spaßbad gehen oder noch viel öfter zum Freibad oder Baggersee fahren. Nebenher hat, ehrlich gesagt, der Pool mit seiner himmelblauen Farbe eigentlich auch ganz schrecklich ausgesehen und unserem schönen, beinahe nach Feng-Shui-Prinzipien gestalteten Garten die ganze Ästhetik vermasselt.

Jedenfalls sollte man sich vorher schon genau überlegen, ob man so einen Gartenpool wirklich braucht. Ich jedenfalls bin heilfroh, dass er endlich kaputt ist! Zum Baden habe ich ja im Übrigen noch meinen recht großen Gartenteich – und mit Fröschen macht das Baden, wenn man gegenüber der Natur keine Berührungsängste hat, meiner Meinung nach noch viel mehr Spaß! Vielleicht sollte ich aber noch aus haftungsrechtlichen Gründen ein Schild mit verschiedensprachigen Warnhinweisen basteln und aufstellen. Natürlich auch in niederländischer Sprache. Etwa: *Geen speelplats voor kinderen!* – oder so ähnlich – *Kein Kinderspielplatz!* Und auch hier Benutzung nur unter Aufsicht eines *Vollwassenen.* Falls in meiner Abwesenheit rein zufällig einmal ein Holländerkind über den Gartenzaun klettert, dem der Naturteich ebenfalls besser als ein künstlicher Pool gefällt ...

Was an meinem Naturteich auch noch gut ist: Er bekommt, da sich aus kostenlosem Grundwasser speisend, nie ein Loch und muss im Winter auch nicht verstaut werden. Und er verschandelt unseren Garten nicht! Dann gibt er nebenbei auch bedrohten Tieren Lebensraum. Hingegen: Die viel kritisierten Moskitos, die er angeblich ausbrütet, werden sogleich von zahlreichen Fröschen verspeist. Das Quaken von Letzteren stört mich zumindest nicht! Außerdem, um noch einmal auf die eingangs angesprochenen, immer heißer werdenden Sommer zurückzukommen: Mein Teich verbessert zusammen mit den Bäumen, die wir um ihn herum gepflanzt haben, auch das Mikroklima.

Wenn auch der unlängst abgehaltene Klimagipfel mal wieder ziemlich für die Katz war, kann ja vielleicht jeder von uns selbst noch mehr tun, um zu verhindern, dass unsere Sommer immer heißer werden und dann wieder noch mehr Leute jedes Jahr einen Billig-Aufstell-Gartenpool kaufen müssen, deren chinesische Herstellung Ressourcen verbraucht und weiteres CO_2 produziert.

Mit anderen Worten: Wenn wir keinen Garten-Pool kaufen, brauchen wir vielleicht ja erst gar keinen ...

Ja, über die Dinge mal nachdenken! Unsere persönlichen Geldbeutel, Wasserrechnungen und Zeitkonten werden es uns danken – noch viel mehr unsere Nachkommen und die Umwelt. Denn dass unser Planet endlich kaputt ist, können wir ja nicht wirklich ernsthaft wollen!

Oliver Meiser, geboren 1970 in Reutlingen, Studium der Geowissenschaften und Biologie in Tübingen und als DAAD-Stipendiat in Rio de Janeiro, Abschluss Diplom-Geograph, Studienreiseleiter in Europa und Südamerika, schreibt seit Schulzeiten Prosa und Lyrik, Veröffentlichungen in Tageszeitungen und Anthologien, Auszeichnungen / Preise u. a. von Bertelsmann, FDH, Buchmesse Migration, Stiftung Euronatur und Hanns-Seidel-Stiftung.

Unser lieber Herr Nachbar

Nachdem wir im Frühjahr das schnuckelige kleine Reihenendhäuschen in Stadtnähe bezogen hatten, waren wir überglücklich: Endlich hatten wir ein eigenes Dach über dem Kopf und keine Mitbewohner mehr, die uns das Leben schwer machten. Dachten wir. Bis wir Herrn Günther kennenlernten. Unser direkter Gartennachbar entpuppte sich als lästig wie eine Fliege!

Sobald ich meinen Fuß auf unsere Terrasse setzte, stand der pensionierte Gärtner am Gartenzaun und verwickelte mich in ein endlos langes Gespräch: über Rosenzucht, Anbaumethoden und Schädlingsbefall. Ungefragt erteilte er mir Ratschläge und auch mit Kritik sparte er nicht.

Oft traf sie mich aus heiterem Himmel und völlig unverblümt: „Frau Nachbarin, sehen Sie nicht, dass Ihre Himbeeren viel zu trockenstehen?" „Geizen Sie Ihre Tomaten aus, meine Liebe, sonst fällt Ihre Ernte miserabel aus!" „Ihr Rhododendron steht am falschen Platz. Wenn er tatsächlich blühen soll, braucht er dringend bessere Erde und eine Handvoll Dünger!"

Wo waren wir da nur hingeraten? Vor einem aufgeplusterten Gartenguru hatte uns niemand gewarnt. Am liebsten wäre ich auf der Stelle wieder ausgezogen!

Doch so einfach war es nicht.

„Alter Besserwisser!", schalt ich, als Herr Günther nach einem halbstündigen Vortrag über Mulch-Methoden endlich wieder in seinen Vorgarten abgezogen war.

„Alter Besserwisser!", wiederholte meine Tochter Lisa. Wir kicherten, während ich die Beete weiter von Unkraut befreite und die Fünfjährige im Sandkasten buddelte. Bis Herr Günther erneut am Gartenzaun auftauchte. Was er wohl diesmal wollte?

Vor Ärger streifte ich mit dem Arm am Rosenstrauch entlang und rammte mir mehrere Dornen in die Haut, sodass Blut floss. Doch dann überkam mich plötzlich ein seltsames Gefühl. War es Mitleid mit diesem alten Mann, der vielleicht einfach nur einsam war? Endlich wusste ich, was zu tun war. Ich schnitt eine der orangefarbenen Rosen ab. Ihr betörender Duft stieg mir in die Nase und stimmte mich endgültig versöhnlich. Mit einem Lächeln auf den Lippen reichte ich sie Herrn Günther über den Zaun. „Für Ihre gut gemeinten Ratschläge und Tipps, Herr Günther!", hörte ich mich sagen.

„Für mich?" Herr Günthers Stimme klang freudig überrascht und viel weicher als sonst.

„Ja, für Sie!", sagte ich und lächelte.

Jetzt formten sich die Lippen des alten Mannes ebenfalls zu einem breiten Lächeln. „Und ich dachte schon, ich gehe Ihnen furchtbar auf die Nerven!", stammelte er, während immer mehr Farbe in sein Gesicht kam und seine Wangen schließlich leuchteten wie zwei rote, überreife Äpfel.

„Nun ja, manchmal schon ...", murmelte ich. „Ich habe nämlich nicht immer so viel Zeit, mich mit Ihnen ausgiebig zu unterhalten."

Das erste Mal in Herrn Günthers Augen erkannte ich Hilflosigkeit.

„Aber wenn Sie mal zu einer Tasse Kaffee rüberkommen wollen, gerne – die Einladung gilt!", fügte ich hinzu. „Also dann: Auf gute Nachbarschaft, Herr Günther!"

Jetzt lächelte Herr Günther wieder und bedankte sich bei mir. „Ja, auf gute Nachbarschaft, Frau Lange!"

Während ich später Himbeeren erntete, spürte ich noch immer, wie eine Last von mir abgefallen war. Und das Lächeln blieb auf meinem Gesicht.

Warum ich nicht schon viel früher auf die Idee gekommen war, Herrn Günther einzuladen? Ja, plötzlich hatte ich das Gefühl, dass wir beide noch Freunde werden konnten.

Ulrike Müller, 1964 geboren, vierfache Mutter, lebt mit ihrer Familie nahe Baden-Baden. Ideen zum Schreiben findet sie in alltäglichen Begebenheiten und häufig auch im eigenen Garten.

Evas Rose

Ich stehe am Wasserhahn, nah an der Grenze zwischen unserem und Evas Garten, und sehe sie auf mich zukommen. Sie begrüßt mich freundlich. „Hallo, Iris, wie geht es dir?"

„Gut danke, und dir?"

„Ja, ganz gut. Aber ich habe eine große Bitte an dich."

„Ja, was denn."

Etwas leiser „Kannst du bitte Rehan fragen, ob er meine Rose berühren kann."

„Wieso?"

„Weil sie krank ist. Ich glaube, sie stirbt."

„Warum fragst du ihn nicht selbst?"

„Ich traue mich nicht. Er wird es nicht verstehen. Und dann macht er es vielleicht nicht. Aber du verstehst mich! Wir beide wissen, dass er Zauberkräfte in seinen Händen hat. Es wäre deshalb besser, du fragst ihn."

Ich überlege kurz und denke, die Sache wird am schnellsten erledigt, wenn ich ihn tatsächlich alleine frage. „Okay." Ich nicke und bin schon auf dem Weg zum Gemüsegarten, wo Rehan gerade ein Paar neue Setzlinge pflanzt.

„Hej, hast du fünf Minuten Zeit?"

„Wozu?" Er hebt seinen Blick nicht und ist noch immer voll auf die zarten Pflänzchen konzentriert.

„Kannst du bitte Evas Rose berühren."

Er hebt seinen Kopf. „Ich verstehe dich nicht, warum soll ich Evas Rose berühren?"

„Ach, mach es einfach, sie wünscht sich das halt. Sie wünscht sich, dass du ihre Rose nur ganz kurz berührst."

„Was? Aber wozu?" Er steht auf aus seiner Hocke und schaut mich verblüfft an.

„Kannst du bitte Evas Rose berühren?", wiederhole ich.

„Ich verstehe dich nicht. Was soll ich tun? ... und warum?"

„Ihre Rose berühren. Weil die sich schlecht fühlt." Flüsternd: „Du weißt doch, sie ist davon überzeugt, dass deine Hände Zauberkräfte haben ... Erfülle ihr diesen kleinen Wunsch, sie glaubt daran!"

„Ach was, das stimmt gar nicht! So ein Schmarrn!"

Nun stehen wir bereits alle drei an unserer gemeinsamen Grenze neben dem Wasser.

„Was ist los mit deiner Rose, Eva? Erzähl!", stellt er sie zur Rede.

„Meiner Rose geht es gar nicht gut. Sie macht zwar viele Knospen, aber sobald sie sich öffnen, verwelken sie und fallen dann vertrocknet zu Boden. Die Rose ist kaputt. Ich bin so traurig!"

„Also gut, ich schaue mir deine Rose an. Um welche Rose handelt es sich?"

„Um diese hier bei der Tür. Sie hat eine ganz besondere Farbe. Das ist meine schönste Rose. Aber leider steht sie zu nah an der Tür. Ihr erinnert euch doch, das ist genau die Rose, von der jemand immer Blüten

klaut, weil sie so nah an der Tür steht. Wahrscheinlich streckt derjenige die Hand durch das Torgitter und reißt sie ab. So was Gemeines! Warum sind die Leute so unverschämt! Er macht mir meinen ganzen Rosenbusch kaputt! Aber diesmal gibt es ein anderes Problem. Jetzt glaube ich leider, meine ganze Rose stirbt ab. Schau ... schau!" Sie schüttelt die Pflanze und tatsächlich fallen ein Paar verwelkte Blüten ab.

„Ihr seht es! ... Alle Blüten fallen ab. Die Knospen sind noch schön ... und dann passiert das. Schau, schau hier, sie verwelken, sobald sie anfangen, sich zu öffnen. Nur wenn sie Rehan mit seinen Händen berührt, kann sie vielleicht noch gerettet werden."

„Sag mal, wann hast du deine Rose zum letzten Mal gedüngt?" Mit seinen Fingern berührt Rehan die verwelkten Knospen, dann reißt er eine Knospe ab und seziert sie untersuchend auseinander.

Evas Gesicht erstrahlt. Sie kann ihre Freude nicht verstecken. Ich kann mir denken, warum. Sie hat sich für ihre Rose ja nur seine kurze Berührung gewünscht.

„Sag mal, hast du deine Rose überhaupt schon einmal gedüngt?"

„Nein, habe ich nicht. Warum? Sollte ich es?"

„Diese Rose hat nicht genügend Nahrungsstoffe! Sie braucht das."

„Und was kann ich jetzt machen?"

„Du brauchst Bananenschalen."

„Bananenschalen? Warum?"

„Das ist der beste Dünger."

„Echt? Aber wie?"

„Du musst sie zerkleinern, eine Weile in Wasser stehen lassen und dann damit die Rose gießen."

„Wie macht man das genau?"

Ich mische mich elegant ein. „Wir haben noch eine Bananenschale. Rehan kann es dir sofort zeigen."

„Okay, bring sie mir hierher. Und die Schere."

Zuerst zupft er alle verwelkten Knospen von der Rose ab. Dann widmet er sich der Bananenschale, die ich gerade soeben auf unser Kompost abgelegt habe. Behutsam und langsam scheidet die Bananenschale in kleine Stückchen.

„Eva, bring mir ein Gefäß mit etwas Wasser, bitte."

Am nächsten Tag sehe ich unsere Nachbarin Eva, wie sie mit einer großen Tüte fröhlich, fast hüpfend, durch ihr Gartentor laufend auf mich zukommt.

„Schau, schau! Rate mal, was ich in der Tüte habe!"

„Keine Ahnung! Was hast du da drin?"

Langsam und geheimnisvoll öffnet sie die Tüte und zeigt mir deren Inhalt. Die Tüte ist voll mit Bananenschalen.

„Oh, mein Gott, wie viele Bananen hast du denn heute gegessen, Eva!" Ich bin schockiert. „Oder hast du einen Bananenkuchen gebacken?"

„Nein, nein." Sie lächelt geheimnisvoll. „Heute gab es in der Schule zur Mahlzeit Bananen. Dann habe ich allen Kindern gesagt, sie sollen die Bananenschalen nicht einfach wegschmeißen, sondern für mich in dieser großen Tüte sammeln. Du kannst dir nicht vorstellen, wie komisch sie mich angeschaut haben!"

„Wow!"

Sie ruft in die Ferne: „Rehan, wie genau muss ich nun die Schalen zerkleinern?"

Iris Mesko ist überglücklich, nach mehreren Jahren Wartezeit endlich den Schlüssel zum Schrebergarten zu erhalten, um dort eigenes Gemüse und Obst anzubauen. Sie hat dabei noch keine Ahnung, dass der Weg zum Glück und zur Freude im Garten mit Dornen gesät sein wird. Es ereignen sich viele Geschichten und sie muss hart kämpfen, um die Idylle nicht nur mit der Natur, sondern auch mit ihren neuen Nachbarn zu finden.

Der Garten
ist ein weites Feld

letztes Winterjuchzen
der Kinder im Garten
es schneit Blütenblätter

Erde zu Erde
Kompost, das schwarze Gold,
für die Frühjahrspflanzung

Frühjahr im Garten
zwischen frischem Austrieb
die alte Arbeit

in der Pollenschicht
auf dem Gartentisch
ein Herz für den Frühling

Magnolienblüte
scheinbar üppiger
mit den Jahrzehnten

üppige Apfelblüte
noch überschaubar
die Vorfreude auf den Herbst

zwei Kohlweißlinge
über bunter Blütenpracht
und dem Raupenstadium

diese Schneckenart
fast völlig aus dem Häuschen
mag Geranien

der Zaun stört sie nicht
eines Nachbarn Gebüsche
auf Erkundungswuchs

der alte Birnbaum
hat Ballast abgeworfen
unreife Früchtchen

bei den Brombeeren
vieläugige Konkurrenz
mit Teilerfolgen

Benzinmotor lärmt
der Duft von verletztem Gras
intensiviert sich

die Sonnenblume.
längst übern Kopf gewachsen.
misst sich mit Bäumen

gute Nachbarschaft
die freundlichen Gesichter
der Gartenzwerge

Gartengestaltung
des Landschaftsgärtners Kritik
am Maulwurfshügel

Brennessel im Beet
vor dem Unkrautbekämpfer
der unbewaffnet

Gartenarbeiter
unter Beaufsichtigung
eines Rotkehlchens

Kontaktaufnahme
wilder Brombeerstrauch
vertritt den Nachbarn

Efeu an Gartenmauer
Rückeroberung
und ihre Blickwinkel

ein Herbsttag wie gemalt
die Tomaten gezeichnet
vom ersten Nachtfrost

wundervoller Herbsttag
letzter Rasenmäherlärm
zwischen Laubbläsern

Muße und Geschäftigkeit
ein letztes Mal noch
im Sommerlaub blättern

Wolfgang Rödig lebt in Mitterfels. Er hat seit 2003 mehr als 600 belletristische Kurztexte in Anthologien, Literaturzeitschriften und Tageszeitungen veröffentlicht.

Manchmal
dauert es eben

Anstrengend und nervig – das ist er, mein neuer Job bei den Sauber-manns. Die 450 Quadratmeter, die ich hier mähen soll, haben es in sich und für einen kleinen Robotermäher wie mich sind sie einfach zu viel. Der alte Benziner, der in der Garage neben mir steht, ist leider keine Hilfe. Er hüllt sich in Schweigen. Erst glaubte ich, dass der ausgediente Mulcher japanischer Herkunft kein Deutsch spricht. Aber mittlerweile weiß ich, dass er einfach nur stinkig ist, weil die Saubermanns jetzt auf umweltfreundlichere Rasenmäher-Modelle wie mich abfahren.

Sie haben mir sogar einen Namen verpasst – Mackie Messer. An-fangs sind die Kinder wie Grashüpfer um mich herumgesprungen, aber dann haben sie leider viel zu schnell das Interesse an mir verloren. Nein, mein Leben verläuft hier viel zu ruhig. Das muss sich ändern. Und zwar sofort. Mit einem zackigen Ruck blockiere ich meine Turbo-Edel-stahlmesser. Niemand scheint es zu bemerken. Erst am nächsten Tag lande ich beim Rasenmäher-Doc. Spannend ist es hier, denn ich bin weiß Gott nicht der einzige Patient in der Werkstatt. Neben mir warten die verschiedensten Rasenroboter mit brüchigen Kabeln und Motor-schäden. Wir sind uns alle rasend schnell einig: Gegen unsere Über-forderung kann selbst Dr. rer. tec. Robert Scherer nichts ausrichten. Es gibt nur eine Lösung. Wir – die Spezies der Rasenmäher – müssen in Zukunft zusammenhalten, wenn wir nicht alle ins Gras beißen wollen.

Und so kommt es, dass bald selbst der alte Japaner aus unserer Garage zur Höchstform aufläuft. Zum ersten Mal in seinem Leben startet er ohne menschliche Hilfe durch und hilft in den Nachbargärten aus. In den nächsten Tagen machen es ihm die anderen Benziner, Elektro- und Handmäher nach. Sie alle fahren nun eigenständig und kreuz und quer herum und unterstützen sich gegenseitig. Alle haben dabei ihren Spaß.

Dafür tun sich bald neue und nicht minder schwere Baustellen auf. Vielen unserer Besitzer ist unsere neu gewonnene Freiheit gar nicht recht.

„Das muss ein Ende haben!", schimpft der Rentner aus Nummer 7.

„Das können wir uns nicht gefallen lassen", meint sein Nachbar.

„Wir müssen die Polizei einschalten", schlägt ein anderer vor.

Aber das will dann doch niemand. Stattdessen erwarten uns einschneidende Veränderungen in Form von hohen Zäunen. Von den Rasenmähern dahinter sind nur noch traurige Piep-Signale, heulende Motoren und quietschende Laute zu hören. Meine Sensoren hyperventilieren wie wild. Selbst die Saubermanns, die sich von dem Eigenleben der ganzen Hand-, Elektro-, Benzin- und Robotermäher wenig angetan gezeigt haben, schütteln mittlerweile missbilligend den Kopf. Sogar an den Sonntagen, an denen es normalerweise überall totenstill ist, bleiben die herzzerreißenden Klagegesänge nicht aus. Ich möchte am liebsten mitweinen, protestieren, lautstark schreien.

„Genau, das ist es", schießt es mir durch den Kopf. „Wir müssen uns wieder zusammenschließen und gemeinsam lautstark demonstrieren."

„Nieder mit der Einzelhaft! Solche Täter müssen in den Knast", brüllen wir bald im Chor.

Unser Aufstand wird sofort niedergeschmettert. Hausarrest! Die meisten von uns landen auf der Stelle in ihren Garagen, Kellern und Gartenhäusern.

„Sperrt uns Mäher ruhig ein! Ohne uns zu mähen, das dürfte schwierig sein", lautet unsere Antwort.

Nach dem Regen der nächsten Tage schießt das Gras gigantisch in die Höhe. Wir jubilieren. Aber – ach du grüne Neune – was ist das? In einigen Gärten knattern plötzlich Motorsensen um die Wette. Sie machen alles platt, was sich ihnen in den Weg stellt. Ich beginne zu ahnen, warum der Tod auch Sensenmann genannt wird.

„Sensen sind Verräter, auch nicht besser als die Täter!", rufen wir gegen die lauten Motorengeräusche an.

Es bringt nichts.

„Das hält doch kein Mensch aus! Und wie lange das Mähen jetzt dauert", fluchen auch die Reinekes von nebenan, als sie stundenlang mit ihrem nagelneuen Rasentrimmer zugange sind.

„Ich habe eine Idee", meint ihr Sohn lachend.

„Mäh", ertönt es kurz darauf aus dem benachbarten Garten.

Ich bin sofort tierisch angenervt. Die Schafe lassen sich nämlich von unseren Protesten nicht im Geringsten aus der Ruhe bringen.

„Meine schönen Blumenbeete. Alles abgefressen .... Das darf doch nicht wahr sein", höre ich allerdings Frau Reinekes sofort wie eine Ziege meckern. Ich kann mir ein Grinsen nicht verkneifen.

Tja, und dann passiert tatsächlich das, womit wohl keiner von uns mehr gerechnet hätte. Die Gartenzäune werden abmontiert, der Boden wird geebnet und es werden neue Wiesen angelegt. Es gibt kleine Rasenflächen und jede Menge Blühstreifen, auf denen bald die unterschiedlichsten Wildblumen wachsen. Egal ob Hand-, Elektro-, Benzin- oder Roboterrasenmäher, wir alle haben ab sofort deutlich weniger zu tun. Denn die neuen und kunterbunten Blühstreifen werden nicht öfter als zwei bis drei Mal im Jahr gemäht.

Und das Beste ist, dass sich in den nächsten Wochen und Monaten immer mehr Bienen und andere Insekten in dem riesigen Gemeinschaftsgarten hier niederlassen – Lebewesen, die für die Natur und das gesamte Ökosystem unverzichtbar sind.

Tja, manchmal dauert es eben, bis wirklich alles im grünen Bereich ist.

__Ulli Krebs:__ 1965 in Düsseldorf geboren, jetzt wohnhaft in der Wesermarsch. Studium der Sozialarbeit, des Journalismus und der PR, freie Redakteurin, Veröffentlichungen von Gedichten und Kurzgeschichten in verschiedenen Anthologien sowie Publikation eines Regionalkrimis.

Mein Gartenjahr
– Miniaturen

erster Schneefall –
Winter legt ein weißes Tuch
über die Wunden der Erde

das Schwere
plötzlich so leicht –
erster Krokus

Hoffen auf Frühling –
schnell wachsen Maulwurfshügel
aus bleichen Wiesen

blutrote Tulpen
öffnen ihre Kelche
gießen Farbe aus

abends am Teich –
dem Froschkonzert
lauschen

Hummel im Anflug!
Lavendel verneigt sich tief
ein Falter taumelt

leuchtende Stille –
über buntem Blütenmeer
trunkene Falter

stilles Zwiegespräch –
mit dem Mond auf du und du
am Gartenteich

im Netz der Spinne
eine blaue Feder
zittert im Wind

Herbst
verfängt sich in Kiefern –
Windspiel

das Eichhörnchen
schenkte mir nur einen Blick –
der Winter ist nah

Wintermorgen –
in der Vogeltränke
frischer Schnee

Eva Joan, geboren 1960 in Augsburg, lebt nun in Gronau an der Leine. Seit 2001 gab es zahlreiche Veröffentlichungen in Anthologien, Zeitschriften, auf Haiku-Internetseiten und sechs Publikationen im Selbstverlag. Ihre Hobbys sind Lesen, Schreiben, Musik hören und Yoga.

Flügelschlag

Flügelschlag ins Herz
Zart verändert er die Welt
Schmetterlingslächeln

***Ramona Wesselow-Krystosek** lebt und schreibt in Zürich.*

Eine kleine Oase

Als ich das Haus meiner Eltern erbe, geht der lang gehegte Wunsch nach einem eigenen Garten in Erfüllung. Bei einem Bummel durch das Quartier kommt mir nach langer Abwesenheit vieles fremd vor. Gärten sind mit Betonmauern oder großen Steinen terrassiert und eingeebnet, anstatt sich natürlich in den Berghang einzufügen. Auch Schottergärten sind weit verbreitet.

Schräg gegenüber von meinem Elternhaus steht ein graubrauner Klotz. Mir tun die osteuropäischen Arbeiter leid, die tagelang im Lärm und Staub Betonplatten zuschneiden und ringsum Treppen und Wege anlegen. „Wozu dieser Aufwand?, frage ich mich. „Für Sträucher und Blumen bleibt wenig Platz."

Früher gab's hier viel Natur. Die Wünsche der Menschen waren bescheiden, ihre Häuser und Autos klein. In den Gärten wuchsen Tomaten, Bohnen, Salat, Johannisbeeren, Äpfel und Pflaumen. Sobald ich alt genug war, Harke oder Spaten zu halten und eine Gießkanne zu tragen, half ich den Eltern.

Für meinen Mann Peter und mich steht fest, dass wir den Garten naturnah gestalten wollen. Ein befreundeter Gärtner berät uns. Die Ideen sprudeln nur so aus ihm heraus. In einer Baumschule suchen wir einen Nussbaum aus, den er zu uns transportiert. Er amüsiert sich über das viel zu große Pflanzloch, das Peter ausgehoben hat. Wir setzen den Baum hinein, schaufeln Erde ins Loch, wässern ihn und feiern.

Die Nähe zur Natur verändert unsere Bedürfnisse. Wir verkaufen unser Auto und spenden Geld für den Naturschutz. Im Garten pflanzen wir nützliche Sträucher und Pflanzen für Vögel und Insekten. Ganzjährig versorgen wir Vögel mit Futter, Igeln bieten wir Unterschlupf zum Überwintern an. Die Tiere danken es uns. Igel, Vögel, Eichhörnchen, Blindschleichen und Eidechsen nisten sich ein oder werden Dauergäste, selbst Türkentauben, Spechte und Eichelhäher werden zutraulich. Ein roter Kater döst halbe Tage in unserem Garten, liegt in schattigen

Rabatten, im Gemüsebeet neben der Zucchini oder auf der sonnenwarmen Steinbank.

An einem Sommertag finde ich einen Igel auf der Terrasse. Er liegt neben einem Blumenkübel und rührt sich nicht, als ich mich ihm vorsichtig nähere. Ich fürchte, er ist tot, aber er atmet. Peter baut ihm einen Sonnenschutz und ich stelle eine Schale mit frischem Wasser und einen Teller mit Katzenfutter neben ihn. Irgendwann erhebt er sich kraftlos, kriecht zur Wasserschale und trinkt. Dann sinkt er ermattet auf den Boden. Am Abend frisst er etwas Katzenfutter, läuft langsam ein paar Schritte und legt sich wieder erschöpft hin. Am nächsten Morgen ist er immer noch da, aber das Schälchen mit dem Futter ist leer. Er trinkt Wasser, frisst etwas und läuft ein wenig umher. Allmählich gewöhnt er sich an uns und mit der Zeit wird er zutraulich. Wir nennen ihn Kasimir. Wenn ich ihm Futter bringe, schnuppert er und kommt mir entgegen. Einige Tage später schmatzt er genüsslich Katzenfutter. Dann läuft er munter über den Rasen und verschwindet im Gebüsch. Wir freuen uns, dass er sich erholt hat. Tagsüber sehen wir ihn nicht mehr. In der Dämmerung laufen Igel im Garten umher und trinken aus der Wasserschale: einer leise, ein anderer ausgiebig und Kasimir laut schlabbernd.

Als ich eines Tages auf die Terrasse trete, finde ich verstreuten Müll neben der Tür – Holzstücke, Mörtel und Schnurreste.

„Typisch Peter!", denke ich.

Aber er ist über die Unordnung genau so überrascht wie ich. „Das Zeug war in einer Plastiktüte", sagt er. „Ich wollte es am nächsten Tag in den Mülleimer schütten."

Schließlich entdecken wir die Tüte unter dem Brunnentrog, zusammengeknüllt in einem dunklen Hohlraum. Als ich sie herausziehen will, sehe ich einen schlafenden Igel, der sich hineingekuschelt hat. Er hat den Inhalt ausgeleert, um sich mit der Tüte ein Nest zu bauen.

Im Frühling gibt es so viel im Garten zu tun, dass ich manchmal vergesse, das Vogelbad aufzufüllen. Eine Amsel fliegt dreimal zur Schale und schimpft, bis ich endlich frisches Wasser hineingieße. Sofort fliegt sie herbei und planscht ausgiebig.

Ein paar Tage später lernen wir Krummschnabel kennen.

„Tix-tix-tix!", schimpft die Amsel im Nussbaum.

Peter entdeckt eine Katze, die sich in der Nähe versteckt hält, und verscheucht sie. Die Amsel fliegt auf den Rasen und pickt Haferflocken und Rosinen, die aus dem Futterspender gefallen sind.

Wir bemerken, dass ihr Schnabel merkwürdig gekrümmt ist. Vor einem Findling lege ich Rosinenstücke aus und locke sie. Am nächsten Tag steht Krummschnabel auf dem Stein. Ich streue vorsichtig Rosinen aus und spreche mit ruhiger und sanfter Stimme. Der Ritus wiederholt sich Tag für Tag. Als ich einmal die Treppe zum Vorgarten hochsteige, um Sonnenblumen in ein Futtersilo zu schütten, fliegt die Amsel neben mir her.

„Also gut, erst mal kommen diese Vögel dran", denkt sie wohl, „aber dann bin ich an der Reihe!"

An einem Sommerabend schaut Peter dem sanften Regen aus dem Rasensprenger zu. Krummschnabel steht neben ihm und scheint auch das Wasser zu beobachten.

Heinrich Dörflinger wurde 1956 im Emsland geboren und lebt in Lörrach. Die Mitarbeit auf dem elterlichen Bauernhof hat die Liebe zur Natur und den Tieren geprägt. In Münster und Freiburg studierte er Religionswissenschaft, Völkerkunde und Politikwissenschaft, was einen einjährigen Studienaufenthalt in Mexiko einschloss. Einige Publikationen in Anthologien.

Maries Zaubergarten

Dort, wo der Himmel die Erde berührt, liegt Maries Zaubergarten. Ein Bauerngarten mit duftenden Blumen, herrlichen Früchten und einem Himmel so blau wie der Ozean. Hier bewachen Elfen und Feen den Schatz der Ursprünglichkeit.

Oft kehrt Marie in Gedanken an diesen magischen Ort ihrer Kindheit zurück. Dort, wo sie den Glanz der Jahreszeiten sehen, riechen und atmen durfte. Ein grünes Herz schlägt in Maries Brust und bestimmt ihr Denken und Handeln. Und so spürt sie noch heute den Herzschlag ihrer Großmutter und fühlt ihre Umarmung, wenn sie den Zaubergarten betritt. Ein Trost für vieles, was sie in ihrer Kindheit vermisste.

Ihrer Großmutter ist sie noch heute sehr dankbar, denn ohne ihre Zuwendung hätte sie die Wertschätzung der Natur-, Pflanzen- und Tierwelt nie erfahren.

Heute hat Marie einen eigenen Zaubergarten und ist bereits Großmutter. Und sie weiß, wie wichtig es ist, altes Wissen an die nächste Generation weiterzugeben. Doch dafür braucht man Zeit und ein Bewusstsein für das Leben.

Einen Garten anzulegen und Zeit zu haben für das Wesentliche, kommt heutzutage leider viel zu kurz. Und so möchte Marie auf diesem Wege einen Appell an die Menschen in der realen Welt senden: „Haucht der Welt neues Leben ein und macht sie bunt mit einem kleinen oder großen Garten! Zeigt euren Enkeln den Sinn dessen und genießt! Diese Zeit wird die Ewigkeit überdauern und eure Seelen werden weiterleben in den Herzen eurer Kinder, Enkelkinder und Ahnen. Und alle Zaubergärten dieser Welt werden dazu beitragen, dass ein Stück Himmel hier auf der Erde für jedermann zugänglich ist!"

Danke, Oma Lissi!

Birgit Härter, Dörth, schreibt bereits seit mehreren Jahren Gedichte und Kurzgeschichten. Einige ihrer Werke wurden in diversen Anthologien veröffentlicht. Es macht ihr sehr viel Freude, die Menschen in die Welt der Fantasie und Stille zu entführen.

Ein Traum von Garten

Kein frischer, sondern modriger, schwerer Erdgeruch, der vom Boden aufsteigt, hängt in der Februarluft. Braun und trostlos sieht der Garten aus, als sei alles Leben aus ihm gewichen. Wie dicke Kleckse sitzen schwarze Vögel in den kahlen Bäumen. Nur wenige Grade über null zeigt das Thermometer. Der Himmel, den er hier blau, grenzenlos und die Unendlichkeit atmend in Erinnerung hat, ist heute grau wie Blei und scheint die Erde zu berühren. Ralph fröstelt.

„Gehen Sie von hinten auf das Grundstück. Durch das Tor. Eine Trauerweide, das sollte Ihnen als Gärtner etwas sagen, markiert den Eingang."

Ralph, der Landschaftsarchitekt ist, hat dem Makler ein zustimmendes Nicken angedeutet. Im Grunde genommen ist er heilfroh, den Garten alleine und nicht im Beisein dieser gelackten Parfümwolke anschauen zu können.

Das rostige Tor hängt in den Angeln und Ralph benötigt drei Anläufe, um es zu öffnen und sich hindurchzuzwängen. Mit einem leichten Seufzer schließt es sich hinter ihm. Brombeerranken, Schlingknöterich, winzige Birken und Robinien wuchern um ihn herum. Laub, das sich über die Jahre zu einer dicken Schicht gesammelt hat, bedeckt die Erde. Nur das kleine Haus, das ist halbwegs gepflegt.

„Im Grunde genommen ist es ein Schnäppchen. Überlegen Sie es sich schnell, denn es gibt mehrere Interessenten."

Natürlich. Wie immer. Und dann hat der gelangweilt im Sessel seines überheizten Büros lümmelnde Makler gefragt, was er mit einem über 6000 Quadratmeter großen Grundstück wolle. Ralph hat etwas Unverbindliches von Expansion, Investition seines Unternehmens, Potenzial gemurmelt. Worte, die dem Makler ein Glitzern in den Augen beschert haben. Nun fragt Ralph sich selbst: Was will er hier?

In jedem Fall will er das Grundstück noch einmal sehen, jetzt, da es wieder zum Verkauf steht.

Und dann?

Damit abschließen? Endgültig? Einen Schlussstrich unter seinen Traum ziehen, um ihn zu beerdigen wie den Großteil seiner anderen Lebensträume? Jetzt, da er sich an der Stelle aufhält, wo er vor fünfzehn Jahren stand, stürmen Bilder auf ihn ein, tut sich eine lang verschlossene Schublade in seinem Kopf auf. Seine Entwürfe. Für dieses Stück Land vor ihm. Bis in die Morgenstunden hat er damals Skizzen gefertigt, sie handkoloriert, verworfen, neugestaltet, ein ums andere Mal. Letztendlich hat er gewusst, wohin er die zwanzig Obstbäume setzen wollte, und sich rosa und weiße Blütenwolken im Frühjahr vorgestellt. Wohin Holunder, Weißdorn, Schlehe kommen sollten. Wo er den Bauerngarten, die Eiben-Hecken, den Teich, das Birkenwäldchen, die Fingerhutwiese anlegen würde ... Die Erinnerungen sprudeln in ihm wie eine Fontäne. Weiße Narzissen, Schlüsselblumen, wilder Thymian auf der Wiese unter den Obstbäumen. Staudenbeete mit Phlox, Schwertlilien, Rittersporn, Stockrosen, Wiesensalbei, Fetthenne ... Schneeballhortensien. Leuchtende lilafarbene Blütenkugeln des Zierlauchs. In den Zäunen sollten duftende Wicken ranken, zauberhaft und eine Leichtigkeit versprühend wie Elfen.

Sein Paradies von Garten.

Und dann gestattet sich Ralph, eine weitere Schublade in seinem Kopf zu öffnen. Eva.

Eva, die Expertin für Rosen. Eva, mitreißend und enthusiastisch. Leidenschaftlich. Von einer berauschenden, ansteckenden Lebenslust, die immerzu in ihren blauen Augen blitzte. Eva, das Herzstück seines Lebenstraums.

Über Ralph ertönt wildes Schnattern. Er hebt den Kopf. Wildgänse sind es, die er kurz zu Gesicht bekommt, bevor die Wolken sie wieder verschlucken. Ralph setzt sich in Bewegung. Dort, wo jetzt das Laub der außer Form geratenen Buchenhecke alles unter sich erdrückt, wuchsen früher Schneeglöckchen in dichten Büscheln. Elfenkrokusse und Winterlinge, Leberblümchen und Buschwindröschen, erinnert er sich, wollte Eva dazusetzen, einen atemberaubenden Blütenteppich für den Frühling weben.

Ralph hat sich auf die gesamte Anlage des Gartens konzentriert, Eva war die Quelle unzähliger Ideen, liebevoll bedachter Einzelheiten, die einem Garten eine Seele einhauchen. Ein fabelhaftes Team sind sie gewesen, Eva und er.

Vor fünfzehn Jahren hat die Bank ihnen keinen Kredit für das Grundstück gegeben. Wie auch, sie hatten keinerlei Sicherheit bieten können. Und ihre Beziehung ist mit dem gemeinsamen Traum vom Garten wie eine Seifenblase zerplatzt.

Jetzt hätte Ralph das Geld, er besitzt inzwischen seine eigene florierende Gartenbaufirma. Ab und an begleitet eine Frau ihn für eine Weile auf seinem Lebensweg. Es geht ihm gut, aber an manchen Tagen packt ihn die Sehnsucht nach dem, was hätte sein können, wie ein heftiger Windstoß, der ihm das Gleichgewicht raubt.

Die Skizzen hat er in einer Mappe aufbewahrt. Bis heute. Sein Traum ist nicht tot, stellt er jetzt fest und nimmt einen tiefen Atemzug, während er ein Amselmännchen mit glänzenden, schwarzen Federn beobachtet, das im Laub auf der Suche nach einem Leckerbissen stöbert.

Vielleicht braucht er das hier, um sich zu erden und um seine innere Mitte wiederzufinden? Er möchte die Natur mit allen Sinnen spüren, seine Berufung, seine Kreativität neu erwecken. Weg von diesen Nullachtfünfzehn-Gärten, modern und pflegeleicht, die er passend zu den einfallslosen, kubistischen Glas-Beton-Bauten Tag für Tag für seine Großstadt-Klientel am Computer entwirft.

„Es ist eine Schande, was sie mit dem Garten gemacht haben."

Im ersten Moment glaubt er, seine Sinne spielen ihm einen Streich, lassen ihn hören, was er hören will. Verunsichert dreht er sich um.

Blaue Augen funkeln ihn an.

Das Lächeln trifft ihn wie ein Sonnenstrahl.

Eva.

„Aber das lässt sich beheben." Eva wendet den Blick von ihm ab, läuft geschäftig umher, kniet sich nieder, greift in das Laub. „Kümmerst du dich darum?" Voller Tatendrang wühlt sie in den matschigen Blättern, als vermute sie einen Schatz darin. „Oder soll ich das machen?"

„Was meinst du?" Ralph fühlt sich benebelt, als könne sein Geist nicht begreifen, was sich hier gerade abspielt.

„Wenn du das Grundstück nicht kaufst, tu ich es. Und ich verwandele es in einen Traum von Garten und in ein Zuhause. Wie geplant." Triumphierend schreit sie plötzlich auf und wirft das Laub nach allen Seiten, sodass eine kleine freie Fläche entsteht. „Ich wusste es!"

Aufgeregt deutet sie auf eine Stelle am Boden und Ralph schaut genauer hin. Grüne, schmale Blätter, die wie Pfeilspitzen aus der dunklen, feuchten Erde ragen.

Die Schneeglöckchen. Sie sind noch da.

„Also: Kaufst du es?" Eva richtet sich auf, klopft sich die Erde von den Knien und mustert ihn, als wolle sie in seine Seele blicken.

„Vielleicht ist Eva der letzte Schubs vom Schicksal", denkt er. Sein Herz schlägt gegen die Rippen, als habe er einen Marathon hinter sich.

„Machen wir es zusammen?"

Evas Augen beginnen abermals zu strahlen, während sie nickt.

Bettina Schneider: Jahrgang 1968, lebt in Berlin, verheiratet, zwei Kinder und ein Hund, Studium der Betriebswirtschaftslehre, im Anschluss zehn abwechslungsreiche Jahre im Rechnungswesen in der Privatwirtschaft, heute Freiraum für kreative Tätigkeit. Sie schreibt mit Begeisterung Kurzprosa, einiges davon ist veröffentlicht. Sie ist eine Leseratte, liebt Sonne und blauen Himmel und mag Wald-Spaziergänge.

Die zweite Chance

„Und geht es dir jetzt wieder gut?", hallte die Frage meiner Kollegin wider und wider durch meine Gedanken und ich spürte die Wut aufsteigen. „Wie ignorant und verbohrt die Leute sein konnten", murrte ich in mich hinein. Andererseits verstand ich ihre Einstellung, schließlich reagierten alle so, wenn sie es sich nicht erklären oder anders begreiflich machen konnten.

„Nein, es geht mir nicht gut", wollte ich laut hinausschreien und atmete schwer, während ich die Augen schloss und die Sessellehnen meines Stuhls fester umklammerte.

Das weit entfernte Summen schwoll zu einem lauten Brummen an, doch es war nicht unangenehm, es beruhigte mich. Mein Herzschlag verlangsamte sich und das Rauschen meiner Gedanken ließ nach. Ich fühlte so etwas wie Freude, Unbekümmertheit und öffnete meine Augen. Die ersten Sonnenstrahlen erhoben sich über die Kuppe und langsam wanderten das Licht und die Wärme über das noch verschlafene Land. Die Bienen kamen ganz nah heran, ließen sich auf meinem üppig wuchernden Lavendel nieder und labten sich an den Pollen. Wie eifrig sie von Blüte zu Blüte schwebten und friedlich ihr Lied sangen.

„Und geht es dir jetzt wieder gut?", stellte ich mir einige Wochen später erneut die Frage und musste schmunzeln. Natürlich ging es mir jetzt wieder gut, genau hier an meinem Kraftplatz, der mir unendlich viel Freude und Ausgeglichenheit schenkte.

All die Monate davor, tagein, tagaus voller Furcht und Angst, waren endlich Geschichte. Panikattacken schon vor dem ersten Kaffee, Selbstzweifel, während ich mich anzog, Selbsthass, als ich mir die Zähne putzte, und dieses Gefühl der Unzulänglichkeit, wenn ich das Büro betrat. Keiner konnte verstehen, wie ich mich fühlte. Mein Herz raste, mein Kopf schmerzte und ich zitterte, sobald mir alles zu viel wurde.

„Ziehen Sie die Notbremse, bevor es zu spät wird", sagte meine Ärztin und diagnostizierte mir ein Burn-out.

Ich schämte mich und konnte kaum mehr klar denken. „Wie schwach und unfähig ich doch war", dachte ich und fühlte mich noch schlechter. „Dass das ausgerechnet mir passierte", stöhnte ich und erkannte nicht die Gelegenheiten, die sich mir boten. Ich bekam einen Neuanfang, eine zweite Chance, um auf mich und meinen Körper zukünftig besser aufzupassen.

„Suchen Sie sich einen Kraftort und nehmen Sie sich die Zeit, die sie brauchen", ermutigte mich meine Ärztin und nahm mir zugleich alle Zweifel.

Und nun saß ich hier. Anfangs überwog das schlechte Gewissen, doch nun konnte ich es mir nicht mehr anders vorstellen.

Früher, vor diesem Richtungswechsel, hatte ich meinen Garten großflächig zubetoniert, nur um weniger Arbeit zu haben. Ich schnitt blindwütig die wilden Brombeeren und kappte die zarten Himbeerranken. Obstbäume, teilweise noch durch meinen Großvater gepflanzt, hatte ich gestutzt, um nicht zu sagen – grob verunstaltet.

Doch nun war genau dieser Ort mein Rückzugsort und ich erkannte, welchen großen Fehler ich gemacht hatte. Mühsam stemmte ich die Betondecke auf, entfernte Stück für Stück und karrte frische, schwarze Muttererde heran. Meine Hände waren überzogen von Blasen und Schwielen, mein Rücken schmerzte und dennoch fühlte ich mich so frei und unbeschwert wie schon lange nicht mehr.

„Sei doch nicht blöd", redete mir meine Kollegin ins Gewissen, „man kündigt doch nicht wegen ein paar netten Stunden im Garten."

„Dass du das nicht verstehen kannst, war mir klar", gab ich mitfühlend zur Antwort und bereute meine Entscheidung keine Sekunde.

Ich sammelte die herabgefallenen Äpfel und Birnen ein, teilte meine Früchte mit den Insekten und behielt nur einen kleinen Teil für mich. Während ich neue Setzlinge heranzog, baute ich Insektenhotels und verteilte sie großzügig im Garten. Liebevoll lockerte ich die Erde um die Wurzeln meiner selbst gezogenen Obstbäume, goss sie ein und gab ihnen als Stütze einen Holzpfahl. Daran konnten sie emporwachsen, gestützt und behütet dem Licht entgegenstreben. Ich schnitzte Brutkästchen für die Singvögel und errichtete Totholzhecken für die Nützlinge. Krimis wichen Sachbüchern zum richtigen Gärtnern und mein Terminkalender, stets voll mit wichtigen Meetings und Dienstreisen, war nun von der richtigen Fruchtfolge im Gemüsegarten, Saatgutaussaat und Ernteerfolge bestimmt.

Frühmorgens, wenn die Vögel langsam erwachten und fröhlich ihr Lied trällerten, streifte ich barfuß durch das taufeuchte Gras und roch an den bunten Blütenkelchen. Ich vergrub meine Nase in der frischen Orangenminze und atmete tief durch. Der süßliche Duft der Tomatenreben hüllte mich ein, als sachte der Wind an den zarten Pflänzchen rüttelte. Wie sehr liebte ich, es von den saftig grünen Basilikumblättern zu kosten oder von den Waldbeeren zu naschen. Dieser Ort, den ich stets als Belastung und überbordende Lebensaufgabe empfand, hatte mir wieder Mut und Selbstliebe geschenkt.

„Und bereust du es schon, ohne Job dazustehen?", fragte meine Kollegin mit süffisantem Unterton und ich merkte ihr die Schadenfreude an.

Nachdenklich legte ich den Kopf in den Nacken und sah in den blauen Himmel. Beschützend legte ich die Hand vor die Augen gegen die grelle Sonne. Eine Entenfamilie flog laut schnatternd über das Hausdach und landete in meinem Gartenteich. Liebevoll schnatterten die kleinen Küken und huschten hinter ihrer Mutter nach.

„Köpfchen unter Wasser, Schwänzchen in die Höhe", summte ich fröhlich.

„Und? Bereust du es?", wiederholte sie ihre Frage und drängte auf eine Antwort, die sie schon zu glauben wusste.

„Hast du gewusst, dass die Augen der Ameisen in hundert Farben schillern können?", erwiderte ich. „Und hast du schon einmal die hungrig aufgerissenen Schnäbel der kleinen Amseln gesehen, wenn sich ihre Mutter mit einem frischen Wurm an den Nestrand setzt?"

Schnaufend atmete meine Kollegin in den Hörer.

„Ob ich es bereue", nahm ich ihre Frage wieder auf, „keine Sekunde!" Und in Gedanken war ich dankbar für dieses neue Leben ohne Stress und sinnlosen Leistungsdruck. Zufrieden beendete ich das Telefonat und schlug meine Studienbücher auf. Schließlich muss ein guter Landschaftsgärtner alles von Grund auf Lernen und darin fand ich meine neue Berufung und ein neues Ziel im Leben.

***Sabine Syrch-Müller,** geboren 1982 in Wien, aufgewachsen in Niederösterreich, studierte Umwelt- und Sicherheitsmanagement. Sie schreibt neben Ihrem Beruf leidenschaftlich gerne Kurzgeschichten. Seither mehrere Veröffentlichungen in Fachzeitschriften und Anthologien. Infos unter www.facebook.com/S.M.Syrch.*

Der (Garten-)Traum vom Schreiben

Wie oft habe ich es mir vorgenommen – und doch nie getan. Immer wieder stellte ich es mir vor. Auf meiner blauen Gartenbank, vor mir der rustikale Tisch mit einem frisch und wild zurechtgepflückten Blumenstrauß, sitze ich einfach nur da und schreibe an einer kleinen Geschichte. Wie oft habe ich es mir vorgestellt – ja, wie oft habe ich es mir vorgenommen? Und heute ist nun endlich dieser Tag. Die Luft ist erfüllt vom Duft der Sommerblumen, der Himmel ist klar und es ist angenehm warm. Ein leichter, aber stetiger Windhauch belebt die Natur. Auch wenn mir mein in die Jahre gekommener Wetterhahn wohl nicht mehr sagen kann, aus welcher Richtung dieser kommt.

Ich sitze also in meinem Garten und schreibe. Endlich. Meine losen und auf Tinte wartenden Blätter werden mit einem bunt gesprenkelten Stein beschwert, um nicht vom Wind davongetragen zu werden. Um mich herum sind allerlei fleißige Insekten und besuchen ihre Blumen. Sie fliegen umher, verrichten ihre Arbeit. Oder sie fliegen einfach immer wieder um meinen Kopf herum.

Erste Zweifel. Immer öfter stellt sich mir nun die Frage: Warum sind Hummeln nur so laut, wenn sie fliegen? Ich schreibe weiter. Mit jedem Windhauch fallen kleine Pflanzenteile von den Bäumen rings um mich herum direkt auf meinen Tisch. Jeder Aufprall erschüttert mich. Ich habe das Gefühl, dass meine losen Blätter und Schreibutensilien nun zunehmend auch mit einer feinen Schicht aus Blütenstaub bedeckt werden. Über mir fliegen unsere neu zugezogenen Schwalben und diskutieren aufgeregt. Sie haben die Katze erkannt, die langsam, aber dafür laut miauend auf mich zukommt.

Das muntere Geschehen weckt nun auch den Hund. Verschlafen trottet er aus dem Schatten einiger kleiner Sträucher hervor. Die Katze springt indessen zu mir auf den Tisch, was den Hund dazu animiert, nun doch schneller angelaufen zu kommen und den unbeholfenen Versuch zu unternehmen, der Katze zu folgen.

Alles beginnt zu wackeln und ich versuche meine bereits geschriebenen Seiten vor dem umstürzenden Wasserglas zu schützen. Langsam beruhigt sich die Situation. Der Hund zieht sich laut schnaufend unter den Tisch zurück, klaut sich aus Frust einen meiner Gartenschuhe und kaut darauf herum. Die Katze legt sich indessen auf meinen steinbeschwerten Papierstapel und beobachtet abwechselnd mich und die Schwalben. Ich atme durch, trinke einen kleinen Schluck des übrig gebliebenen Wassers und schreibe weiter. Es ist kurz nach 11:30 Uhr, was bedeutet, dass nun die Nachbarn anfangen, unter ihrer Gartenlaube das Mittagessen zuzubereiten. Geschirr und Töpfe klappern. Sie beginnen zu diskutieren. Auch das noch. Erneute Zweifel.

Unfassbar, wie viele Geräusche auf einmal in einem sonst so ruhigen Garten erklingen können. Ich höre den Hund unter dem Tisch, wie er meinen Gartenschuh zerkaut. Ich höre die Schwalben, die immer noch aufgeregt die Katze auf dem Tisch fokussieren. Ich höre die Hummeln, die um mich herum Nektar sammeln und ein ohrenbetäubendes Brummen von sich geben. Ich höre die Nachbarn, die jetzt mit dem Kochen anfangen und nicht vor dem Nachmittagskaffee fertig sein werden. So wie jeden Tag.

Und spätestens jetzt weiß ich, warum das Schreiben im Garten für mich immer ein Traum bleiben wird und wie schön es doch ist, Träume zu haben.

Vanessa Kasprick, *Schreibberaterin, Writing Fellow und Hobbyautorin aus dem Spreewald.*

Ein Schattenleben

Mein Erstaunen wuchs und wuchs, bis es nicht mehr hätte größer werden können. Ich hatte es nicht mehr im Griff, es wuchs mir buchstäblich über den Kopf.

Dabei war es nur ein kleiner Vorgarten, noch dazu zur Nordseite des Hauses gelegen. Nur in den Wochen um die Sommersonnenwende herum schafften es einige wenige Sonnenstrahlen frühmorgens auf einen kleinen Teil der Gartenfläche. Im gesamten übrigen Jahr lag der Eingangsbereich komplett im Schatten. Dementsprechend hatte der Garten- und Landschaftsplaner, der alle Vorgärten der kleinen Mehrfamilienhaussiedlung angelegt hatte, die Bepflanzung ausgewählt. Drei versetzt nebeneinander angeordnete Eingänge waren von einer schnöden Rasenfläche gesäumt. Nur direkt vor dem Haus stand links und rechts der Haustür je eine Eibe, mehr oder weniger mickrig gewachsen.

Unser Haus war das vierte und letzte in der Reihe. Früher einmal war der Vorgarten sicher genauso angelegt worden, falls man einen Schattenrasen überhaupt als Gartenanlage bezeichnen konnte. Beiderseits der Haustür jedenfalls wuchsen auch eben jene Eiben. Hier bei uns allerdings ganz und gar nicht mickrig, sondern eher so ausladend und üppig, dass sie bald zum Problem werden könnten. Anstelle des Rasens war vor unserem Haus jedoch das komplette Sortiment der mitteleuropäischen Schatten- und Halbschattengewächse vertreten. Die meisten davon musste ich erst kennenlernen.

Als unser Vermieter fragte, ob wir, wie unsere Vormieter, die Gartenpflege für eine kleine Mietreduktion im Gegenzug übernehmen wollten, musste ich nicht lange nachdenken. Ich träumte schon lange von einem kleinen Garten. Und dafür Geld zu bekommen, wenn ich nach Feierabend ein wenig in der Erde graben durfte, war natürlich mehr, als ich erhofft hatte.

Abgesehen von dem kleinen Beet, dass ich als Fünfjährige im Garten meiner Oma pflegen durfte und in dem auf wundersame Weise jederzeit freundliche Stiefmütterchen blühten, beschränkten sich meine bisherigen Gartenkenntnisse auf Pflanzkästen. Immerhin durften diese über die Jahre hinweg mit mir von einem zwei Quadratmeter großen Austritt über verschiedene, immer größer werdende Balkone bis auf eine ansehnliche Dachterrasse umziehen. Die Balkonkästen und später auch Kübelpflanzen waren schon anspruchsvoller als die im Geheimen von meiner Großmutter gepflegten Stiefmütterchen. Wind und Sonne sorgten dafür, dass die Pflanzen immer ein wenig zu trocken standen, ich kam mit dem Gießen kaum hinterher. Auch waren die Pflanzgefäße irgendwie immer zu klein. Meine Ideen hingegen, was den Bewuchs anging, waren immer sehr groß. Auf meinem letzten Balkon, der sehr schmal, aber dafür lang war, musste man sich an Engelstrompete, Kletterrose, Buchsbaum und Dattelpalme vorbeischlängeln, bis man den aus einem zarten, sorgsam angeschliffenen Kern gezüchteten Olivenbaum gießen konnte. Sogar mit einem Bergmammutbaum hatte ich es versucht, aber der war sogar für meine mutigen Visionen zu groß. Ich hegte und pflegte also, und nur mein mir von allen Seiten bescheinigter grüner Daumen schaffte es, dass die Pflanzen, die viel lieber in freier Natur als in beengenden Kästen wachsen wollten, überlebten. So viel zu meinen Gartenkenntnissen.

Und nun dieser Vorgarten, den ich locker und entspannt nach Feierabend ein wenig bekümmern wollte. Noch nicht einmal gießen musste ich, der Schattenbereich war eigentlich immer feucht. Also ließ ich alles erst einmal ein paar Monate in Ruhe. Wir mussten uns ja schließlich auch zunächst beschnuppern, und mit unserem Umzug und dem Einrichten der Wohnung hatte ich genug zu tun. Eingezogen waren wir im April – und im Juli schwante mir langsam, dass ich vielleicht doch etwas genauer hinsehen sollte.

Ich ging artig täglich mindestens zweimal durch den Vorgarten: Morgens aus dem Haus, abends heim, und jedes Mal blickte ich mit Stolz auf den üppigen Bewuchs. Doch tägliches Vorbeigehen reichte anscheinend nicht aus. Die Berberitzen, von denen ich erst später lernte, dass sie so hießen, ragten mittlerweile weit auf den Weg. An einigen anderen Pflanzen sollten die verwelkten Blüten abgeknipst werden. Ich nahm mir also den Samstagvormittag als kleine Gartenrunde vor.

Als ich die Berberitze zurückschneiden wollte, stach sie mich gemein in Hände und Unterarme. Direkt neben ihr stand die Stechpalme, von der ich wusste, dass sie im Winter weihnachtliche Romantik verbreiten würde. Doch jetzt waren wir keine Freunde, ich war schlicht nicht wehrhaft genug ausgestattet. Also machte ich mich an alles Verwelkte. Das war bei genauerem Hinsehen inzwischen eine ganze Menge. Später sollte ich lernen, dass Hortensien im nächsten Jahr nicht blühen möchten, wenn man ihnen ihre welken Blüten nimmt. Ich stellte fest, dass einige Stauden darum kämpften, sich gegenseitig zu überwuchern. Ich musste dazwischen gehen und sie trennen.

Meine Tüte mit dem Bioabfall hatte ich jetzt schon zweimal geleert und eigentlich war ich erst am Anfang mit meiner Gärtnerei. Der Kirschlorbeer brauchte dringend eine Heckenschere, ich begann innerlich, eine Einkaufsliste zu schreiben. Etwas, das ich als Storchschnabel identifizieren konnte, war mittlerweile eigentlich flächendeckend im Beet verteilt. Ich rupfte und schnitt, wühlte und riss aus, es wollte kein Ende nehmen. Dieser Vorgarten war in den letzten Monaten anscheinend komplett verwahrlost. Ich war fassungslos: Pflanzen in Freiheit wachsen absolut anders als Pflanzen in Kübeln. Sie erobern die Welt, sie wachsen in die Höhe, in die Breite und sogar in die Tiefe. Die Glücklichen! Und wie sehr widerstrebte es mir, sie daran zu hindern. Sie zu beschneiden und ihrer Ausläufer zu berauben. Ihnen ihre Samen zu stehlen, damit sie sich nicht noch mehr verbreiten. Doch als ich die ausladende Hosta mit ihren dunkelgrünen Blättern mit dem breiten gelben Rand ein wenig zurückschnitt, fand ich, ganz schüchtern, eine Fuchsie, die versteckt unter den pompösen Blättern der Hosta keine Chance gehabt hatte. Tapfer und trotzig hatte sie ein paar Blütenansätze entwickelt, es war schließlich Juli. Da begriff ich, dass es meine Aufgabe war, zu helfen, damit jede Pflanze zum Zuge kommt.

Über die Jahre lernte ich sie alle kennen und schätzen. Die Christrose, die ein Menschenleben überdauern kann und die nicht verpflanzt werden möchte, und das weiße Buschwindröschen, das wahrscheinlich aus dem Waldstück gegenüber kam, eröffnen mit Schneeglöckchen und blauen Traubenhyazinthen das Jahr. Ihnen folgen mit silbrigweißen Blättern die Taubnessel, von der ich vorher dachte, sie sei Unkraut, die Osterglocken und die Maiglöckchen. Das gelbe Pfennigkraut ist besonders vorwitzig und schwierig, im Zaum zu halten. Die Flammenblume blüht gleich zweimal – im Mai und im August. Frauenmantel und Storchschnabel haben Frieden miteinander geschlossen und die Blüten der Hosta duften sogar. Ich habe eine Bank in den Vorgarten gestellt, denn dieser verdient viel mehr Beachtung, als nur zweimal täglich daran vorbeizulaufen. Hier sitze ich jetzt eigentlich zu jeder Jahreszeit und habe immer ein besonderes Auge auf meinen Liebling, die Fuchsie, die bis in den Oktober hinein blüht. Nur die Berberitze bleibt für mich ein wenig gemein.

Susanne von Waldow wurde 1969 in einer norddeutschen Kleinstadt an der Weser geboren. Von Kindheit an lebte sie an vielen Orten auf der Welt. Von der Weser nach Nigeria, über Berlin bis nach Zürich sind nur einige ihrer Stationen. Mittlerweile ist sie mit ihrer Familie in Braunschweig heimisch geworden. Mit ihrer Arbeit als biologische Assistentin und als freie Journalistin und Autorin schlagen zwei Herzen in ihrer Brust. Dass Gartenarbeit entspannend auf sie wirkt, ist selbstredend. Ihre Kurzgeschichten und Gedichte beschäftigen sich mit der Sehnsucht danach, verstanden zu werden, und mit der Hoffnung der Menschen auf Sinn und Halt. Zurzeit schreibt sie an ihrem ersten Roman. Weitere Infos www.textmacherin.eu.

Der Freundschaftsgarten

„Herzlichen Glückwunsch, Frau Schneider, und viel Freude mit der Immobilie!"
Sara drückte die warme Hand des Notars und sah ihn ungläubig an.
„Lisa hat mir ihr Haus vererbt?"
„Ja, mit der Bitte, Ihnen diesen Brief zu geben." Er griff in die Schublade und zog einen Umschlag hervor.

Das Haus sah genauso verlassen aus, wie Sara sich fühlte. Nachdem sie Lisa vor drei Monaten ins Hospiz gebracht hatte, war sie nur noch einmal hier gewesen, um ein paar persönliche Dinge zu holen. Der Winter war lang, kalt und stürmisch gewesen und hatte den Garten verwittert. Kahle Äste wackelten im Wind, das Gartentor hing, aus der Angel gehoben, auf dem Gehweg. Ein paar Dachpfannen hatten sich gelöst und lagen in Scherben auf dem Hof. Sara versuchte, den Kloß in ihrem Hals herunterzuschlucken, und schloss die Tür auf. Der vertraute Duft des Hauses mischte sich mit dem von Krankheit und abgestandener Luft.
Langsam ging sie ins Wohnzimmer. Das Krankenbett stand noch genauso da, wie Lisa es verlassen hatte. Sara hatte es ihrer Freundin an das Fenster geschoben, damit sie in ihren geliebten Garten sehen konnte. Mit zitternden Händen öffnete Sara den Brief.

Liebe Sara,

ich danke dir aus tiefstem Herzen, dass du den letzten Weg gemeinsam mit mir gegangen bist. Ich weiß nicht, wie ich die letzten Monate ohne dich überstanden hätte. Der Schmerz, diese Welt und dich zu verlassen, ist nicht in Worte zu fassen. Wir haben geweint, gelacht und so gekämpft, aber nun ist es zu Ende. Ich habe keine Kraft mehr.
Du hast mehr für mich getan, als ich dir jemals zurückgeben könnte.
Mein Leben lang warst du mehr als meine beste Freundin, du warst

meine Schwester, Vertraute und der einzige Mensch, bei dem ich so sein konnte, wie ich bin. Ich verdanke dir so viel.

Einen letzten Wunsch habe ich: Bitte kümmere dich um mein Haus und den Garten. Ich weiß, ich bürde dir damit viel auf, aber ich kann mir niemand anderen darin vorstellen als dich. Ich hoffe, dass das Haus nicht nur eine Last für dich sein wird, sondern auch Freude bereiten wird. Du schaffst das! Fülle es mit Leben, höre nicht auf zu lachen, und bitte, sei nicht traurig. Mir geht es gut. Ich bin jetzt an einem besseren Ort.

Ich umarme dich in Liebe.

Deine Lisa.

Saras Beine gaben nach. Die Gewissheit, dass Lisa tot war, umklammerte ihr Herz mit einem festen, eiskalten Griff. Als ob sie erst jetzt wirklich verstanden hätte, ihre Freundin nie mehr wiederzusehen, liefen die Tränen über ihr Gesicht. Sie weinte, bis sie völlig erschöpft einschlief.

Am nächsten Morgen wachte Sara von den Sonnenstrahlen, die ins Wohnzimmer fielen, auf. Es war bereits 10 Uhr. Eigentlich hatte sie vorgehabt, im Haus für Ordnung zu sorgen, aber da es draußen so schön war, beschloss sie, in den Garten zu gehen.

Wo sollte sie bloß anfangen? Hinter dem Haus war es noch wüster als im Vorgarten. Sara entschied, zuerst das Laub der riesigen Eiche zu harken. Die Arbeit beruhigte ihre Gedanken. Niemals hätte sie gedacht, dass ihre wunderschöne, wilde, lebenslustige Freundin nur 48 Jahre werden würde. Sie hätte Lisa so viel mehr gewünscht. Saras Handy riss sie aus den Gedanken. Der Klingelton verriet, dass Tim anrief. Gestern hatte sie keine Kraft mehr gehabt, ihren Freund anzurufen.

„Und wie soll es weitergehen? Willst du das Haus behalten?", fragte er, nachdem Sara ihm von dem Erbe erzählt hatte.

„Ich weiß es nicht", antwortete sie ehrlich. „Erst einmal möchte ich es wieder in Ordnung bringen. Mit dem Garten habe ich schon angefangen."

„*Du* willst den Garten machen?"

Sara bemerkte Tims ironischen Unterton.

„Es ist Lisas Wunsch, ich kriege das schon hin." Um eine Diskussion zu vermeiden, verabschiedete sie sich hastig und versprach, sich wieder zu melden.

Nach einer Weile brauchte sie eine Pause. Die letzten Monate hatten ihr alle Energiereserven geraubt und jetzt, da die Anspannung langsam von ihr abfiel, spürte, wie erschöpft sie war. Tim hatte recht. Sie hatte keinen grünen Daumen, ihre Balkonpflanzen verkümmerten regelmäßig und sie besaß keine einzige Topfpflanze. Sara setzte sich auf die Gartenbank, schloss die Augen und sog die Sonnenstrahlen auf. Die leichte Wärme zu spüren, tat so gut. Ein Hauch von Frühling lag in der Luft und die ersten Vögel begannen bereits zu zwitschern.

„Alles erneuert sich", dachte sie. Das Leben ging einfach weiter, als wäre nichts passiert. Es war so ungerecht. Plötzlich bemerkte sie einen Schatten auf ihrem Gesicht und öffnete die Augen.

„Tim! Was machst du denn hier?" Sara sprang auf und umarmte ihren Freund.

„Ich dachte, du brauchst bestimmt Hilfe." Er ließ einen fachmännischen Blick durch den Garten schweifen.

„Die könnte ich wirklich gebrauchen."

„Das hier bedeutet dir viel, oder?", fragte Tim leise.

„Ja. Ich habe hier meine Kindheit verbracht. Lisas Eltern hatten einen Lebensmittelladen und haben von früh bis spät gearbeitet. Meine Mama war fast immer alleine mit den Zwillingen und mir, ich glaube, sie war froh, dass ich eine so gute Freundin hatte. Im Sommer haben wir oft im Garten gepicknickt. Oder uns eine Geheimsprache ausgedacht, im Garten versteckt und uns mit Walkie-Talkies gesucht. Aber das schönste Spiel war Zoo. Lisa hat alle Kuscheltiere aus dem Fenster geworfen, dann haben wir aus Ästen Gehege gebaut und von den Nachbarsjungen fünf Pfennig Eintritt genommen."

Sara griff nach Tims Hand. „Ich möchte das Haus behalten. Mit einem Baumhaus, in dem meine Neffen spielen können, einer Hängematte und einem Teich im Garten. Hilfst du mir?"

„Klar", grinste Tim. „Aber nur, wenn ich keinen Eintritt zahlen muss."

Sie verbrachten jedes Wochenende im Garten, das Wetter meinte es oft gut mit ihnen. Während Tim die Hecke, die Büsche und die Obstbäume wieder in Form brachte, versuchte Sara sich an einem Hochbeet. Beide lasen sich in Gartenzeitschriften und Foren schlau. Tim baute aus Hölzern, die er im Baumarkt gekauft hatte, ein Hochbeet und legte es mit Folie und Hasendraht aus, um das Holz vor Nässe und das Gemüse vor Nagern zu schützen. Sara befüllte das Beet im 4-Schicht-System, wie sie es in einem Anfänger-Gartenblog gelesen hatte. Sie säte Salat, Kräuter, Möhren und Frühkartoffeln und freute sich auf die Ernte. Die Arbeit an der frischen Luft tat beiden gut, Tim war viel ausgeglichener und auch Sara lenkte die körperliche Anstrengung von ihren traurigen Gedanken ab.

Sie stellte fest, dass Unkraut zupfen nicht nur lästig, sondern auch meditativ sein konnte. Am meisten Spaß machte Sara das Pflanzen der Blumen, es entspannte sie nach einer arbeitsreichen Woche. Tim übernahm die schwereren Aufgaben, reinigte die Regenrohre, ließ die Dachpfannen erneuern und reparierte das Gartentor.

Als der Frühling fortgeschritten und der Boden weicher wurde, begann er mit dem Bau des Teiches. Beide hatten beschlossen, dass Tim seine Wohnung ebenso kündigen und im Sommer zu ihr ins Haus ziehen würde.

„Komm mal bitte raus, ich habe etwas gefunden", rief er plötzlich. Sara, die gerade das Schlafzimmer strich, lief in den Garten. Verwundert hielt Tim eine Blechdose in den Händen.

„Die Schatzkiste!" Wie hatte sie die nur vergessen können?

„Was für eine Schatzkiste?", fragte Tim.

„Das ist eine Art Freundschaftskiste." Sara wischte die Erde vom Deckel und öffnete aufgeregt den Verschluss. Tatsächlich lagen, wenn auch verblasst, zwei Freundschaftsbänder und ein kleiner Zettel drin. Sie wusste genau, was darauf stand:

Freundschaft für immer. Lisa und Sara.
Sommer 1986

Katrin Seliger *kommt aus Westerstede, ist 1979 geboren, hat eine erwachsene und eine sieben Monate alte Tochter. Derzeit ist sie in Elternzeit und schreibt, wann immer die Zeit es erlaubt, Kurzgeschichten.*

Das Rosenzelt

Die Zweige über mir bewegten sich sanft im Wind. Ein rötlicher Vollmond erleuchtete den langsam dahingleitenden Wolkenhimmel, der sich wie in Zeitlupe veränderte. Nichts war zu hören, nur das Schreien eines Kauzes durchschnitt ab und an die Stille der Nacht. Ich hoffte, dass sie so friedlich bliebe, dass nichts mich dazu bringen würde, diesen Schlafplatz im Freien vor dem Morgengrauen zu verlassen.

Mein Garten ist eine Wildnis. Gepflegte Rabatten, akkurat gestutzte Hecken und ein getrimmter Rasen liegen mir nicht. Das Haus am Rande eines kleinen Dorfes ist ein Erbe meiner Großeltern, ein ausgedehnter Wald beginnt nur einen Steinwurf entfernt. Nach ihrem Unfalltod vor zehn Jahren zögerte ich keine Sekunde, meine Stadtwohnung aufzulösen.

Beim Einzug veränderte ich kaum etwas. Auch der Garten blieb weiterhin an drei Seiten ohne Zaun und nur durch Büsche begrenzt, denn ich freue mich über die Feldhasen, die sich zum Löwenzahn auf meine Wiese wagen.

Neulich kündigte eine Freundin ihren alljährlichen Sommerbesuch an. Luise teilte mir fröhlich mit, dass sie aber nicht bei mir übernachten wolle. Dafür nehme sie diesmal den Wald.

„Den Wald?"

„Ja. Ich mache doch eine Ausbildung zur Erlebnispädagogin. Drei Übernachtungen im Wald gehören dazu."

„Ach! Ganz allein?"

„Natürlich! Keine Sorge, ich bin gut vorbereitet. Warme Juninächte, Vollmond – besser geht's kaum." Ihre Stimme klang nun ein wenig gereizt, daher verzichtete ich auf weitere Fragen.

Lange blickte ich ihr hinterher, als sie kurz darauf am Samstagnachmittag aufbrach und mit ihrem dunkelgrünen Rucksack beschwingten Schrittes in Richtung Wald ging.

„Das wird wunderbar", hatte sie sich verabschiedet. „Ich erzähle dir morgen beim Frühstück alles."

Als junge Frauen waren wir oft gemeinsam mit dem Zweimannzelt unterwegs gewesen. Das Gefühl, das in mir hochwaberte, nachdem sich ihre Silhouette zwischen den Bäumen verloren hatte, ließ mich melancholisch werden.

Ich wandte mich meinem Garten zu. Die Hecken aus Jasmin, Flieder und Kolkwitzien mussten geschnitten werden. Manche Sträucher brummten, so viele Bienen schwirrten in dem Blütenmeer. Beim Arbeiten an den Gewächsen kamen mir erneut die alten Zeiten in den Sinn, die Wanderungen mit Luise entlang der Landzungen der griechischen Halbinsel Chalkidiki, unsere Übernachtungen unter freiem Himmel. Was davon war geblieben? Mein Weg auf der Karriereleiter. Ihre Freiheit. Meine Zurückgezogenheit. Ihre Abenteuerlust.

Ich sah die reifen, heidelbeergroßen Früchte der Felsenbirnen. In dunklem Lila hingen sie in dichten Dolden an den Ästen. Bald schon würden sich die Vögel auf sie stürzen. Im vergangenen Jahr hatte ich erstmals eine feine Marmelade daraus gemacht. Während ich eine Schüssel erntete, ergriff mich eine Wehmut, die ich mir selbst nicht erklären konnte. Niemals würde ich mich trauen, alleine im Wald zu übernachten. Je länger ich darüber nachdachte, desto mehr bewunderte ich Luise für ihre Furchtlosigkeit.

Als ich mich umdrehte, um das Obst in die Küche zu bringen, sah ich unter dem Zwetschgenbaum das Grünspecht-Pärchen. Wie immer hieben die beiden Vögel ihre kräftigen Schnäbel in die Wiese und pickten nach Würmern. Ich beobachtete sie, bis sie davonflogen.

Es dämmerte schon, da fasste ich die beiden mächtigen Schottischen Zaunrosen an der Westseite meines Gartens ins Auge, deren zarter Duft an Äpfel erinnert. Ihre Zweige hingen wie eine lebendige Wand bis auf den Boden. Ich begann gerade mit dem Schneiden, da blitzte in mir ein Gedanke auf.

Diese blühenden Rosenzweige erinnerten mich an ein Zeltdach. Zwischen ihnen und den dünnen Stämmen war ein freier, aber enger Raum. An der Stelle, an der sich die beiden Sträucher überlappten, gab es etwas mehr Platz. Dort könnte ich die Zweige so kürzen, dass ich ein Miniaturzelt mit Eingang erhielte. Ameisen waren auch keine zu finden. Die Wehmut meldete sich zurück. Wie gerne wollte ich es Luise gleichtun. Sollte ich es nicht wenigstens versuchen, zumal an einem geschützteren Ort? Die Tollwut sei bei uns ausgerottet, so hatte Luise gesagt, die müsse man nicht mehr fürchten. Die eine oder andere Zecke vielleicht schon.

Ich redete mir gut zu – mein Haus lag schließlich nur wenige Meter von den Zaunrosen entfernt – und gestaltete bis in den Abend hinein eine zum Garten geöffnete, längliche Höhle zwischen den beiden Büschen. Alle anderen Zweige blieben lang. Dann suchte ich mir im Keller zusammen, was ich für eine Nacht im Freien brauchen würde: Plane, Isomatte, Schlafsack und den alten Biwaksack meines Großvaters.

Während die Sonne unterging, trank ich auf der Terrasse noch ein Glas Merlot und wartete auf die Nacht. Eine Fledermaus schwirrte wie ein Irrwisch ums Haus. Der Wein machte mich müde, aber auch gelassen. So schlüpfte ich, als es dunkel war, von Kopf bis Fuß warm eingepackt, vorsichtig in den Schlafsack unter meinem Rosenzelt. Von fern schrie ein Kauz. Nichts um mich herum bewegte sich, nur manchmal raschelten die Blätter leicht im Wind. Unter diesem lebendigen Dach empfand ich mich plötzlich als Fremdkörper. Steif wie eine Mumie lag ich da, während Zweifel meine Zuversicht nach und nach wie ein tiefschwarzer, matter Lack überzogen. Würde ich es hier die ganze Nacht aushalten?

„Du musst nicht, aber es wäre schön", sagte ich mir und versuchte, die aufkeimende Panik wegzuatmen. Körperreise. Langsam sog ich die laue Nachtluft in den Bauch und lenkte sie in die linke große Zehe. Den Apfelduft der Rosenblüten nahm ich kaum noch wahr.

Ich musste weggedämmert sein und erwachte jäh. Hatte da jemand geschrien? Oder träumte ich? Schlaftrunken setzte ich mich auf und lauschte in die Dunkelheit. Nichts. Ich wollte mich schon wieder hinlegen, da hörte ich die schrille Stimme der Nachbarin: „Nein! Nicht! Du Mistvieh!"

Ich versuchte, zu verstehen, was gerade passierte. Dumpfes Krachen, weitere Schreie. Die Terrassentür wurde geöffnet und wieder zugeschlagen. Am liebsten wäre ich in meinem Unterschlupf geblieben, doch das ging nicht. Mühsam schälte ich mich aus dem Schlafsack und tappte verunsichert mit der Taschenlampe zum Zaun. Durch die Fenster konnte ich das alte Ehepaar erkennen, das aufgeregt hin- und herlief, als suchte es etwas.

„Tu doch was! Du Trottel!", brüllte die Frau.

Von der groben Antwort des Mannes verstand ich nur: „Gans." Diesen Ton hatte ich den beiden nicht zugetraut. Zumindest jagten sie sich nicht gegenseitig, so viel stand fest. Offensichtlich wollten sie ein lebendes Geschenk ihres treuen Katers einfangen.

Ernüchtert kroch ich wieder in meinen Schlafsack. Die Welt könnte so friedlich sein! Der Mond verschwand von Zeit zu Zeit im Spiel der Wolken. Mich erfasste eine tiefe innere Ruhe. Wie es Luise wohl ging? Ob sie gerade schlief?

Ich erwachte, weil etwas Warmes an meiner Schulter lag. Erschrocken fuhr ich hoch und hing mit der Mütze inmitten der Zweige. Aus den Augenwinkeln sah ich schwarzes Fell panisch in die Morgendämmerung flüchten. Ich pfriemelte meine Kopfbedeckung aus den Dornen und rollte mich wieder zurück ins warme Nest.

Nicht lange und Nachbars Kater streifte erneut um die Rose. Diesmal lockte ich ihn zu mir. Während er friedlich neben mir schnurrte, betrachtete ich meinen Garten aus der ungewohnten Perspektive. Wie hoch die Obstbäume waren! Die Blumenwiese bestand von der Grasnarbe aus betrachtet nur aus Stängeln und Blättern in sanftem Grün. Tiefe Verbundenheit ergriff mich mit diesem Fleckchen Erde, auf dem ich gerade lag und das mir anvertraut ist. Wie eine Biene den Nektar saugte ich die Glücksgefühle tief in mich hinein. Und erst jetzt wurde mir bewusst: Ich hatte durchgehalten!

Sobald die Vögel ihr Morgenkonzert begannen, spitzte der Kater die Ohren – sein Jagdtrieb erwachte. Auch mich hielt es nicht länger im Schlafsack. Ich klatschte mehrfach in die Hände, um die Beute zu warnen, und ging Kaffee kochen.

Dass meine Freundin schon bald ans Küchenfenster klopfte, überraschte mich nicht. „Na, du bist ja schon früh wach", meinte sie verwundert.

Als die Sonne aufging, saßen wir in warme Decken gewickelt mit dampfenden Tassen auf der Terrasse. Luise hatte die ganze Nacht kein Auge zugetan, nachdem nur wenige Meter entfernt von ihr ein Fuchs vorbeigeschlichen war. Sie hatte sich gezwungen, nicht aufzugeben.

Meine nächtlichen Highlights ließen sie dann durchaus staunen. „Mensch," rief sie erfreut, „das ist doch klasse! Vielleicht sollten wir mal wieder im Zweimannzelt auf Reisen gehen, war echt super damals! Aber jetzt muss ich mich ein bisschen hinlegen, darf ich auf deine Couch?"

Während sie schlief, verkochte ich die Felsenbirnen. Bald schon würde das Rosenzelt wieder zugewachsen und damit Geschichte sein.

Trotzdem empfand ich die vergangenen Stunden als kleines Wunder. Sie fühlten sich an wie der Beginn eines neuen Kapitels. Ja, ein Anfang – das war sie, die Nacht unter den Zweigen der Zaunrose.

__Rosalie Lenz,__ 1963 geboren, hat in unterschiedlichen Regionen Deutschlands gelebt und ist inzwischen im Raum Eichstätt zu Hause. Schreibideen brachte sie schon als Jugendliche zu Papier, seit dem Jahr 2020 nimmt sie sich dafür regelmäßig Zeit.

Der Garten der Träume

Zwei Mädchen im Garten, das ist schön,
wollen an diesem Tage spielen geh'n!

Der Garten, ein Traum – grade im Sommer,
da gibt nichts zu meckern, auch nicht beim schlechten Wetter!

Die Kinder ganz eng beieinand', genießen die Zeit in vollen Zügen,
das macht sie froh, sie lieben den Garten, das ist halt so!

Der Garten ist ihr Zuhause, gibt kein besseres, das wissen sie genau,
draußen spielen ist schöner als im Zimmer zu Haus!

Im Garten kann man allerlei Dinge erleben, keine Frage,
drum wollen sie keine Sekunde versäumen an diesem Tage!

Der Garten der Träume, wird er von den Mädchen genannt,
beide kennen ihn schon ein Leben lang!

Das macht beide stolz, das war schon immer so,
denn der Garten der Träume, das bist auch du!

Kristina Plenter, geboren 1981, lebt im Westmünsterland in der schönen Stadt Gronau, die an der niederländischen Grenze zu Enschede liegt. Sie schreibt Kurzgeschichten und Gedichte für Kinder. Andere Hobbys von ihr sind das Lesen und das Malen. Nimmt gerne an Anthologien teil.

Ein Spatz
staunt über die Physik

Keck besetzt er die Fensterbank,
hüpft leichtfüßig das Metallbrett entlang,
wendet kokett das Köpfchen mit braunen Knopfaugen nach mir,
erkundet dann im Garten voll Entdeckerdrang
das Blauregen-Dickicht am robusten Stamm.
Weit hinauf treibt ihn sein Drang nach Überblick:
Zielstrebig fliegt er nach oben, steuert eine hoch emporragende Ranke
an, erreicht sie, nimmt Platz – im Vertrauen auf Stabilität.

Aber dann:
Abrupter Absturz im freien Fall! –

Verdutzt findet er sich auf dem Steinboden wieder. –
Wie konnte das geschehen? – Sonst sind Zweige doch zuverlässig! –
Nicht aber diese schlanke Ranke mit Schlinghaken.
Ausgeschickt von der Pflanze, auf der Suche nach neuem Terrain,
ertastete sie zwar die Wand, lag aber nur lose auf.
So schnellte sie, vom Spatz beschwert,
in eleganter Biegung zum Boden:
zeitgleich mit seinem Sturz.

Schockiert über die Schwerkraft, sieht er die Ranke sofort
wieder emporschnellen – mit fast ironischer Leichtigkeit …

Trösten kann sich der Spatz aber mit dem Gedanken:
Schon Galilei lernte durch Empirie …

Barbara Neymeyr, geboren 1961, Studium der Philosophie, Germanistik und Latinistik in Münster. Weitere Qualifikation in Freiburg i. Br. Berufstätigkeit als Professorin für Neuere deutsche Literatur in Klagenfurt a. W. Zahlreiche Veröffentlichungen.

Made in Germany

Glück, das ist, wenn man die filigranen Blättchen des Klatschmohns betrachtet, wie sie im warmen Frühlingswind wehen wie rote Fahnen. Ich streckte mich und hob meinen blassen Leib der Sonne entgegen. Wie wohl das tat. Dieser Garten war ein echtes Paradies, so naturbelassen. Die alten Obstbäume auf der Wildwiese. Die Stockrosen an der Steinmauer. Ein Eldorado für alle. Das Gartentörchen quietschte.

„Oh, das muss der alte Mann sein", dachte ich erfreut, „hoffentlich ist er wieder ganz gesund geworden." So lange hatte ich ihn schon nicht mehr gesehen. Ich hob den Kopf und …

„Iiiih! Ist das e…ke…lig! Micha…eeeel! Dieses Getier!"

… zog ihn gleich wieder ein. Diese Stimme hatte ich hier noch nie gehört. Ein blutroter Fingernagel schoss wie ein Pfeil durch die Luft, direkt auf mich zu. Wer war das?

„Das muss hier weg! Und hier – das auch!"

Was für eine Sirene! Ich setzte mich auf. Autsch, das blendete! Die Brille der Frau, riesige Sonnenlichtreflektoren. Der Mann neben ihr schloss die Augen. „Ja, mein Liebstes", murmelte er.

Wo kamen die her? Und was wollten die hier?

„Gabionen! Hier, Michael, hier kommen überall Gabionen hin! Wie bei den Müllers! Das ist echt schick! Micha…e…hel? Hörst du mir überhaupt zu?" Die Frau balancierte auf einem Bein, um sich mit einem Taschentuch den Absatz ihres Pumps sauber zu wischen. Sie schwankte leicht und stützte sich auf dem Rand des Komposters ab. „Bah pfui", murmelte sie und schaute angewidert auf ihre Fingerspitzen.

Ich kroch schnell unter ein Blatt.

„Ja, Irene, Liebstes", sagte der Mann.

Wenn die Stimme sich auch entfernte, so vernahm ich dennoch die letzten Worte: „Pah! Dieser primitive Acker! Weg! Alles Kiesbeete, das ist modern und so hygienisch!" Das Gartentor quiekste, lauter als vorhin.

„Das Ding kommt mal zuallererst auf die Kippe!", erklang die schrille Stimme ein letztes Mal, dann war alles wieder ruhig.

„Leute", rief ich, „kommt mal alle her! Habt ihr die beiden gesehen? Habt ihr das gehört?"

Ich lehnte mich an den Plastikrand des Kübels, mein Herz klopfte heftig. Nach und nach kamen meine Freunde auf ihren Stummelbeinchen herangeschoben.

„Wen gesehen?"

„Was gehört?"

„Alte Frau kein D-Zug ..."

Wartet, wartet auf mich!"

„Mo...ment mal."

„Lasst mich durch!"

Irgendwann saßen alle am Rand des Komposters im Licht der Abendsonne. Ich holte tief Luft und räusperte mich: „Der Garten. Er gehört nicht mehr dem alten Mann, sondern dem Paar, das hier alles verändern will. Die Frau, sie will keine Beete mehr. Keinen Komposter. Uns nicht."

„Keine Beete?"

„Ein Garten ohne Rabatten?"

„Der Mohr hat seine Schuldigkeit getan, der Mohr kann gehen ..."

„Die Erde! Was passiert dann mit der Erde?"

„Wo sollen wir denn nur hin?"

„Leute!", rief ich, „Ruhe! Wir müssen nachdenken. Am besten wir sammeln erst mal alle Ideen und Vorschläge, was wir ..."

„Was passiert mit unseren Eiern?"

„Ja, genau, was wird aus unseren Kindern?"

„Die können uns doch nicht einfach entsorgen!"

„Wir waren zuerst hier!"

Ich rieb meinen Kieferhaken. Ja, aber was nützte das jetzt noch?

„Undank ist der Welten Lohn ..."

„Ist das die, die vorhin hier auf Stelzen durchgegangen ist?"

„Und ihr Kerl – der hat wohl gar nix zu sagen?"

„Wir sind hier nicht mehr sicher. Jammern hilft jetzt nicht. Los, denkt alle nach!" Ich musste lauter sprechen, um mir weiterhin Gehör zu verschaffen.

Eine gebückte Made mit Haarknoten am Kopfstummel kroch nach vorne: „Ich habe gehört, unsereins wird immer häufiger in der Medizin eingesetzt. Die Menschen mit Diabetes oder MRSA Erregern, wo keine Medizin mehr hilft. Im Krankenhaus ..."

„Im Krankenhaus!"

„Echt? Wow!"

Das Atemröhrchen der aufgeregten Larve schwoll an. „Das ist, weil wir das tote Gewebe wegfressen und so die Wunden besser säubern können als irgendein Arzt! Wir sind besser als ein Antibiotikum."

„Hört nur!"

„Den Menschen würden die Gliedmaßen sonst amputiert werden, also ist das ..."

„Du meinst: wir alle im Krankenhaus?"

„Nein!"

„Jaja, was der Bauer nicht kennt, das frisst er nicht ..."

„Ruhe", rief ich erneut. „Jede Idee verdient unsere Aufmerksamkeit! Kann hier jemand Stenografie? Du? Dann schreib mal mit: Wundreiniger im Krankenhaus. Was sonst noch?"

Ein älterer Madenmann stützte sich auf ein Eichelhütchen. „Also, es gibt da einen möglichen Einsatzbereich in der forensischen Entomologie ..." Er verstummte und schaute in die Menge der ernsten Gesichter.

„Ento...was?", rief ein Madenmädchen in der ersten Reihe.

„Ja, also die Rechtsmedizin setzt uns ein, um anhand unserer Größe festzustellen, wann ein toter Mensch verstorben ist."

„Wie das?"

„Mmmmh, das hört sich nach reichlich Nahrung an!"

„Aber – das ist doch eine Menge Verantwortung?"

„Schuster, bleib bei deinen Leisten ..."

„Still! Lasst ihn ausreden!", rief ich.

„Also, der Mensch, er nennt uns nekrophage Insekten, weil wir uns durch Leichengewebe fressen. Erfahrene Kriminologen können anhand unserer Entwicklung dann sagen, wann der Tod eingetreten ist und ob der Tote an dem Ort, an dem die Leiche aufgefunden wurde, auch verstorben ist."

„Boah!"

„Neee, ohne Scheiß jetzt?"

„So was!"

„Schreib auf: Leichengewebebestimmer!", ordnete ich der Stenografin an. Ich fühlte mich beileibe nicht so forsch, wie ich auftrat, aber irgendwer musste ja ...

„Eine Frage hab ich da ja doch mal?" Eine Arbeitermade mit kräftigen Leibringen schob sich in die erste Reihe. „Das ist ja alles schön und gut. Aber was passiert danach mit uns? In den Krankenhäusern? Und in den Leichenhallen? Wenn wir unseren Job gemacht haben, he? Mensch, wie naiv seid ihr bloß? Die verklappen uns doch da! Ersaufen uns in Alkohol und weg sind wir. Alle von uns!"

„Okay, aber was erwartet uns hier?"

„Diese Cruella, die es nicht abwarten kann, hier alles mit Beton zu übergießen, die macht doch kurzen Prozess mit uns! Und ehrlich – ich ertrinke lieber in Hochprozentigem als durch Insektizide zu verrecken!" Insgeheim gab ich ihm recht, aber es war jetzt immens wichtig, neutral zu bleiben.

Vorne links meldete sich eine Single-Frau zu Wort: „Also, wenn wir schon draufgehen, dann bitte mit Stil und Würde! Mit Wertschätzung! Habt ihr schon mal von den Insektenkochkursen an der VHS gehört? Nein? Wir sind ja wahre Nährstoffbomben: mit 12,9 Prozent Eiweiß und ganz viel Kohlehydraten, Calcium und Eisen. Pure Vitamincocktails! Und ganz nach dem Reinheitsgebot, so à la *Made in Germany*, das zählt was! Also, ich für meinen Teil …"

„Ach, WIR werden dann von den Menschen gefressen?"

„Sag mal, bist du bescheuert?"

„Und das soll jetzt toll sein?"

„Leute! Es wird zunächst einmal alles gesammelt! Schreib auf: Nahrungsergänzungsmittel für Menschen!", brüllte ich.

Eine Weile war es still. Jeder hing seinen eigenen, traurigen Gedanken nach. Sie rutschten Trost suchend ganz nah an den Nächsten heran, rieben ihre Bäuche aneinander. Da löste sich eine kleine, besonders runde Made mit rosigen Wangen aus dem Leiberteppich und kroch zu mir heran. Schüchtern reckte sie den Hals und flüsterte mir etwas in die Ohrmuschel. Ich legte den Kopf weit nach hinten, blickte auf die Menge der Versammelten und meine Anspannung löste sich in einem lauten Lachen auf.

„Ja, liebe Freunde! Sie hat recht: Warum kriechen wir nicht einfach einen Garten weiter?", fragte ich, woraufhin alle ihren Kopfstummel hoben und damit zustimmend auf und ab wippten.

„Ja, natürlich!"

„Wozu in die Ferne schweifen, wo das Gute ist so nah …"

„Mann, halt's Maul! Dein plattes Gequatsche geht mir auf den Geist!"

„DAS ist DIE Lösung!"

„Heu...re...ka!"

Und so zogen wir noch in der gleichen Nacht um in den Nachbargarten. Ach, es gab dort so viel zu tun. Erst nach Wochen gönnten wir uns eine kleine Pause. Wie wunderschön: Auch hier gab es den Klatschmohn, die filigranen Blättchen wehten im warmen Sommerwind wie rote Fahnen. Ich streckte mich und hob meinen Leib leicht an, der Sonne entgegen. Wie unendlich wohl das tat! Ich hob den Kopf ...

„Iiih! Ist das ekelig! Micha...eeeel! Dieses Getier!"

„Oh, nein", dachte ich und schloss die Augen.

Elke Riebow (vormals: Werner), geboren 1961 in Essen, Mutter von zwei Söhnen, hat fünf Jahre in Kanada gelebt. Zahlreiche Publikationen seit 2008.

Glückseligkeit

Es ist schwer, an diesem Morgen aus meiner Versenkung herauszu-
finden. Noch einen Moment länger will ich die Idylle in diesem kleinen
Paradies auskosten. Den Frieden hier an diesem magischen Ort. Heute
will der Nachbar seinen Garten umgestalten. Schon beim Erwachen
war mein Innerstes deshalb aufgewühlt. Und obwohl es mich nichts
angeht, was er auf seinem Teil der Erde macht, ist da eine Ungewissheit,
eine Vorahnung, die wie ein Schatten auf meinem Herzen liegt. Deshalb treibt es mich schon zu früher Stunde in den Garten.

Ich versuche, mich auf das Hier und Jetzt zu konzentrieren. Auf den
Rhythmus meines Atems. Ein. Aus. Die Stille dazwischen. Doch immer
wieder schweifen meine Gedanken umher, suchen nach der Antwort,
die sich mir noch nicht zeigt.

Die Blüten meiner Glyzinie bewegen sich sachte im Wind, verschleiern die Sicht auf meinen Platz im Gartenpavillon. In wenigen Tagen
werden sie sich zu ihrer vollen Pracht öffnen und den anderen Blüten in
nichts nachstehen. Ich liebe diesen Platz. Mitten in einem Paradies aus
Farben, Düften und Klängen finde ich immer diese Art von Ruhe, die
all meine Ängste und Sorgen verdrängt. Mit all meinen Sinnen erfahre
ich die Umgebung, werde eins mit meiner eigenen, innewohnenden
Natur. Dankbarkeit durchströmt mich. Kostbar ist die Zeit, in der die
Nacht langsam vergeht und der Tag noch nicht angebrochen ist. Jede
Faser ist bereit für den Tag. Auch heute gibt mir diese Zeit die Kraft,
meinen Alltag zu bewältigen, offen zu sein für das, was kommen mag.

Die ersten Vögel beginnen ihre Lieder zu trällern. Fröhlich und le-
bensbejahend. Überall im Garten sitzen sie auf den Ästen, aufgeplus-
tert, die Köpfchen in die Luft streckend. Kleine Flauschbällchen, die
vor Glückseligkeit überquellen – nicht anders können, als diese Freude
zu teilen.

Was könnte den Augenblick mehr ehren als dieser Gesang?

Wo ist diese Freude in mir?

Heiß und kalt zu gleich durchfährt mich ein Schauer. Was hatte mein Unwohlsein zu bedeuten? Ich versuche weiter, mich auf den Moment zu konzentrieren. Versuche, dem Negativen keinen Raum zu geben.

Langsam wird es heller und das Brummen der ersten Hummeln dringt an meine Ohren. Ich blicke mich um und finde eine Steinhummel, die eifrig von Blüte zu Blüte fliegt. Wie faszinierend die Natur ist. Dieses dicke, pelzige Tierchen fliegt mit Leichtigkeit herum, verschwendet keinen Gedanken daran, was sein kann und was nicht. Sie lebt in den Tag, macht das, was getan werden muss. Sorgt sich nicht um morgen. Auch das ist eine Form von Glückseligkeit, die ich irgendwie nicht in mir finde.

Die zarten Blüten schwanken unter dem Gewicht der Hummel. So schutzlos geben die Stauden und Sträucher ihre Blüten preis. Kleine Wunder als ein Geschenk für den Tag.

Jede dieser Pflanzen habe ich ausgewählt, nach Hause getragen, eingepflanzt, gehegt und gepflegt. Ja, ich nehme es sehr ernst mit diesem Garten. Jede Blüte ist eine Danksagung. Ein Ausdruck, der mir zeigt, dass ich mich gut um sie kümmere. Ist nicht auch das eine Art Freude, ausgedrückt von Pflanzen?

Ein Schmunzeln überkommt mich. Die Hummel weiß den Dank der Pflanzen wohl zu schätzen und gräbt sich tiefer in die Blütenkelche, um an den süßen Nektar zu kommen. Der Frieden in diesem Augenblick erscheint mir heilig. Ich schweige. Koste ihn aus. Versuche, ihn auch in mir zu finden … einen Hauch Glückseligkeit.

Der Tag ruft und ich schaffe es aus meiner Versenkung heraus. Erwache für diesen Tag. Der Abschied fällt schwer, doch zu verharren, würde nichts bringen. Die Erinnerung an den Ausdruck der Freude nehme ich mit.

Am Abend ist es still an meinem Platz.

Nicht diese kraftvolle Stille, die so leicht dahinschwingt. Etwas ist geschehen, jede Faser drückt es aus. Dieser Ort des Friedens ist mir plötzlich fremd. Wieder überkommt mich die Unruhe. Die Vögel singen nicht. Mir scheint, sogar die Pflanzen sind in eine Starre verfallen und wagen sich kaum im Wind zu bewegen. Mein Weg führt mich durch den Garten. Und als ich an das hintere Ende des Gartens komme, finde ich eine kahle Fläche.

Der Nachbar hatte die alte Zypresse gefällt. Nackt scheint der Platz, an der sie über Jahrzehnte gewachsen war. Eine Wunde, die aufgerissen daliegt, wartet. Keine Spur von Glückseligkeit. Ich erinnere mich an das Amselnest hoch oben im Baum. Ihre Küken waren schon fast flügge. Wenige Tage, bis sie ihr Nest verlassen hätten. Hatten sie überlebt? Es ist still. Tränen laufen über meine Wangen. Ich fühle die Trauer, den Verlust in diesem kleinen Biotop. Die zarten Elfenblumen, die sich unter der Zypresse ausgebreitet hatten, sind zertrampelt. Ich knie nieder, berühre die geknickten Köpfchen. Werden sie sich erholen? Der Drang, mich zu kümmern, ist groß. Es ist an mir, das Gleichgewicht wiederherzustellen.

Heute setze ich mich nicht an meinen Platz im Pavillon. Ich will die Leere an diesem kahlen Fleck füllen. Meine Anteilnahme an die Natur überbringen. Ich versuche, dankbar zu sein. Erinnere mich … An die Glückseligkeit, die singenden Flauschbällchen, die unbeschwerten Hummeln.

Es tut mir leid um die Amsel. Und um das Ende einer Zypressen-Ära. Ich weiß, die Natur wird sich erholen. Das Leben ist ein ständiger Kreislauf. Neue Pflanzen werden sich ansiedeln, ihre zarten Blüten an den Tag verschenken. In diesem Moment will jedoch der Schmerz gelebt werden. Alles hat seine Zeit. Braucht seinen Platz.

Zaghaft höre ich ein leises Zirpen, ein Trippeln im Gras.

Meine Augen sind verschlossen. Ich lausche in die Stille, die mir plötzlich nicht mehr fremd vorkommt.

Da … Noch ein Trippeln.

Langsam öffne ich meine Augen, wage nicht, mich zu bewegen.

Keine zwei Meter vor mir sitzen drei Amselküken, zirpen frech in meine Richtung. Wackelig stehen sie da, halb zerzaust, noch in der Mauser. Meine Augen füllen sich mit Tränen.

Tollpatschig versuchen sie, sich zu bewegen. Sie waren noch nicht ganz bereit für die Welt. Ich lache. Über die drei Kerlchen. Über mich. Freu mich über dieses Geschenk, das mir die Natur macht. Sie haben es geschafft. Vorsichtig halte ich die Hand in ihre Richtung. Und tatsächlich kommt eines etwas näher.

„Ihr habt es geschafft, meine Freunde", flüstere ich und kann meinen Blick nicht von ihnen lösen. Ich höre nicht auf zu weinen. Vor Glück. Vor Freude. Vor Erleichterung.

Und in diesem Moment verstehe ich es. Es war immer schon in mir. Mein Herz geht über vor Liebe. Tiefer Liebe für das Leben. Man kann gar nicht anders, als es hinauszutragen, zu teilen wie die Vögel, wenn sie singen. Ein Augenblick der Freude, der für diesen Moment auflodert, sich verschwendet, um wieder in den Kreislauf einzutreten und alles von vorne beginnen darf.

Merla Fox: *Aufgewachsen in einer österreichischen Bergidylle, hatte sie eine Kindheit umgeben vom Zauber der Natur. Heute lebt sie in Bergisch Gladbach und ist Ingenieurin. Die Erinnerungen an die Magie von damals möchte sie in meinen Geschichten weitergeben und mit Gleichgesinnten teilen.*

Sunny

Das war ein guter Tag, an dem Sunny in den Garten einzog. Vorsichtig schob er seine zarten Stiele unten am Holzlattenzaun durch die feuchte Frühlingserde. Die neugierigen Gänseblümchen reckten ihre Köpfe zwischen den Grashalmen empor.

„Wo kommst du her und wer bist du?", wollten sie wissen.

„Na, ich komme aus dem Nachbargarten", lachte Sunny. „Dort wollte man mich aus dem Beet reißen, um Rosen zu pflanzen. Hoffentlich passiert mir das hier nicht. Ich bin eine Lampionblume und gehöre zu den Zierpflanzen. Mein Name ist Sunny. Ursprünglich stammen meine Vorfahren aus Ostasien, doch der größte Teil unserer Familie lebt in Nordamerika."

Die Gartenbewohner hießen Sunny willkommen, er war freundlich und aufgeschlossen. Schnell freundete er sich mit Leo an, dem ängstlichen kleinen Löwenmäulchen, das auch am Zaun wuchs. Abends erzählte er ihm Geschichten von den Pandas in Asien und von Amerikas Wildem Westen. Leo liebte Cowboy- und Indianergeschichten und bekam nicht genug davon. Noch mehr mochte er es aber, wenn Sunny von den Löwen in Afrika erzählte. Und manchmal stellte sich das Löwenmäulchen vor, es sei selbst ein unbesiegbarer, mutiger Löwe.

Der eigentliche Chef des Gartens, der Apfelbaum Karl, freute sich, dass Leo unter dem Einfluss Sunnys seine Zurückhaltung ablegte, und großmütig nahm er hin, dass er von Leo Deputy genannt wurde. Sunny hatte erzählt, dass der Deputy der Sheriff im Wilden Westen sei. Und so etwas wie ein Sheriff war Karl ja auch. Bald sagten alle Deputy Karl zu ihm.

Gerti, das Eichhörnchen, war auch ganz erpicht darauf, englische Ausdrücke zu verwenden, aber so sehr sie sich abmühte, es klappte nicht mit der korrekten Aussprache. Ihre Zähne waren einfach zu lang und immer im Weg.

Eines Morgens, Igor und Isaak, die Igel, kamen gerade von ihrem nächtlichen Ausflug zurück, sahen sie Gerti unter dem Haselnussbusch sitzen. Sie gab seltsame Zischlaute von sich. Die Igel schlichen näher heran und erkannten, dass es kein Niesen war, wie sie zunächst vermutet hatten, sondern dass Gerti versuchte, das englische Wort Squirrel auszusprechen. Von Sunny hatte sie gehört, dass Squirrel die englische Bezeichnung für Eichhörnchen ist.

„Gesundheit, Gerti", sagte Igor und dann konnten beide das Lachen nicht zurückhalten. Sie lachten und lachten, bis ihnen die Bäuche wehtaten.

Gerti lief eilig davon und ließ sich die nächsten Tage nicht im Garten blicken, so sehr schämte sie sich. Igor und Isaak bekamen ordentlich Ärger mit Deputy Karl. Sie mussten sich bei Gerti entschuldigen und eine ganze Woche lang Beeren für sie sammeln, denn Gerti liebte Beeren über alles.

Aus Sunnys unscheinbaren weißen Blüten, die sich im Frühjahr gebildet hatten, wuchsen im Juli grüne Kelchblätter, deren Form an winzige Lampions erinnerten. Nach und nach wurde aus dem Grün ein strahlendes Orange. Wenn die Sonne unterging, strahlte der Garten warm und golden im Licht der Lampions.

„Der schönste Garten weit und breit, der allerschönste", zwitscherten die Spatzen – und die mussten es wissen, denn sie kamen ziemlich herum in der Gegend.

Abends ließ der Sommerwind Sunnys Lampions klingen wie kleine Glöckchen. Das hörte jedoch nur, wer ein so feines Gehör hatte wie Mia, die Katze. Manchmal halfen ihr die klingelnden Glöckchen bei ihren Streifzügen, den Weg nach Hause zu finden. Ihr Orientierungssinn war ihr nämlich mit den Jahren ein wenig abhandengekommen. Das würde sie allerdings niemals zugeben, denn wie alle Katzen war sie eitel und dazu etwas eingebildet.

Igor und Isaak borgten sich ab und zu Lampions aus, wenn sie nachts eine Party steigen ließen. Einmal versäumten sie es, sie zurückzubringen, was für Sunny nicht weiter tragisch war, den Igeln jedoch den nächsten Ärger mit Karl einbrachte. So eine Schlamperei duldete der Deputy nicht.

Es wurde Herbst und allmählich verloren die Lampions ihr leuchtendes Orange. Sie verwandelten sich in goldfarbene, durchscheinende Glöckchen, in deren Mitte eine winzige Kugel zu erkennen war. Richtige kleine Kunstwerke waren das.

Löwenmäulchen Leo war mittlerweile immer mutiger und außerdem ziemlich vorlaut geworden. Ab und zu übertrieb er es, fanden die Edelrosen. So schlug er vor, die Glöckchen von Sunny am Weihnachtsmorgen an Karls Äste zu hängen, um ihn in einen Weihnachtsbaum zu verwandeln. Alle rechneten mit einer Standpauke von Deputy Karl, aber der blieb gelassen. „Von mir aus", sagte Karl. „Aber übertreibt es nicht mit der Schmückerei."

Als es dann so weit war, schliefen Sunny, Leo und die anderen Blumen schon wochenlang tief und fest. Die Igel hatten Anfang Dezember ein letztes großes Festessen veranstaltet und sich dann satt und zufrieden unter einem Reisighaufen hinten am Geräteschuppen eingekuschelt. Auch sie verschliefen Weihnachten. Die Spatzen hatten ein Gedächtnis wie ein Sieb und erinnerten sich am Weihnachtsmorgen gar nicht mehr an Sunny und schon gar nicht an den Plan, Lampions an Karls Äste zu hängen. Ja, und Gerti war den ganzen Tag auf der Suche nach ihren versteckten Haselnüssen und hatte keine Zeit. Also blieb Karl ungeschmückt, was ihn nicht weiter störte, denn auch er hielt Winterschlaf.

Vor Weihnachten hatte es angefangen, zu schneien, und bis in das neue Jahr hinein bedeckte der Schnee die Beete, den Rasen, die Sträucher und die kahlen Äste des Apfelbaumes. Alles war verträumt und friedlich. Mia, die Katze, verbrachte die Wintermonate im warmen Haus auf einem Sessel. Und wenn sie ausnahmsweise nicht schlief, beobachtete sie durch das große Verandafenster den stillen, weißen Garten.

Katzen kennen den ewigen Kreislauf des Lebens, das Geheimnis vom Vergehen und Wiederkehren. Schon bald würden die Sprossen der Schneeglöckchen und der Primeln anfangen, sich zu strecken, und wenn der Schnee geschmolzen war, würde ihr junges Grün unter dem alten Herbstlaub hervorblitzen. Nach und nach würde neues Leben in den Garten einziehen. Alles wachte wieder auf und fing neu an.

Mia wusste das. Sie brauchte nur zu warten.

Gabriele Lengemann *wohnt in Kassel. Seit sie vor zwei Jahren aus dem Berufsleben ausgeschieden ist, beschäftigt sie sich gern mit dem Schreiben von Kurzgeschichten und versucht, durch Kurse an der Volkshochschule hinzuzulernen. Im letzten Jahr wurden zwei Geschichten von mir veröffentlicht.*

Freiraum

Au-pair für Schrebergarten gesucht!

Hanna entdeckt den Zettel am Aushangbrett. Das Kleingedruckte begeistert sie:

Wir suchen eine freundliche Person mit grünem Daumen, die in unserem Schrebergarten regelmäßig nach dem Rechten sieht. Freie Zeiteinteilung. Vergütung Verhandlungssache.

Mit einem Ruck reißt Hanna das Blatt an sich. Der Einkauf muss warten. Sie verlässt den Laden, holt das Handy aus der Tasche und tippt hastig die angegebene Nummer. „Bisher hat sich niemand gemeldet", sagt die Frau am anderen Ende der Leitung. Hanna fällt ein Stein vom Herzen. Sie vereinbaren ein Treffen für den Nachmittag.

Der Garten liegt nicht weit von Hannas Wohnung entfernt. Mit dem Fahrrad sind es zehn Minuten, das ist ideal. Die beiden Frauen sind sich schnell einig, dass Hanna die Betreuung übernehmen wird. Zunächst für zwei Monate und dann wollen sie weitersehen. Auf eine Bezahlung verzichtet Hanna. Sie bittet stattdessen darum, im Garten sein zu dürfen, wann immer sie Lust darauf hat.

„Das ist kein Problem. Meine Eltern können nicht mehr herkommen und sonst hat niemand Zeit, sich um den Garten zu kümmern."

Sie tauschen die notwendigen Kontaktdaten aus. Hanna bekommt den Gartenschlüssel ausgehändigt und gezeigt, was sie wissen muss. „Und bitte benutzen Sie alles, was da ist. Wir haben früher sogar im Gartenhaus übernachtet. Ist nicht erlaubt. Hat aber unglaublich Spaß gemacht!" Die Frau lacht und wendet sich zum Gehen. „Darf ich Sie noch fragen, warum Sie sich auf die Anzeige gemeldet haben?"

„Meine Eltern hatten auch einen Schrebergarten und ich habe es als Kind geliebt, jede freie Minute dort zu sein." Nach einer kurzen Pause fährt sie fort. „Jetzt wohne ich in einer Wohnung ohne Balkon und bin schon lange auf der Suche nach einem Ort, an dem ich ein bisschen garteln kann und meine Ruhe habe."

„Prima, dann haben wir beide etwas von unserer Abmachung. Melden Sie sich, wenn Sie was brauchen. Wir können ja ab und zu mal telefonieren. Ich habe das Gefühl, dass Sie genau die Richtige für unseren Garten sind!" Ja, davon ist Hanna überzeugt.

Das mit dem Garten ihrer Eltern stimmt. Was sie der Frau nicht gesagt hat: Hanna hat seit zehn Jahren einen eigenen Schrebergarten – mit ihrer Familie. Harald und sie hatten sich von Anfang an mit den Nachbarn gut verstanden. Feste wurden gefeiert. Freunde kamen zu Besuch. Man hat geratscht, Hanna hat Kaffee gekocht und alle waren glücklich.

Mittlerweile gibt es keinen Tag, an dem sich nicht jemand über den Gartenzaun lehnt und sie in ein Gespräch verwickelt, ob es passt oder nicht. Regelmäßig schauen die Schwiegereltern vorbei. Anfangs haben sie bei der Gartenarbeit mitgeholfen. In den letzten Jahren geben sie Hanna Tipps von der Eckbank aus, von der sie sich nur erheben, wenn sie auf die Toilette müssen. Zu allem Überfluss hatte Hanna vor drei Monaten Gudrun, einer flüchtigen Bekannten, angeboten, dass sie während einer längeren Krankheitsphase gerne ihren Garten nutzen kann. Sie hatte Mitleid und dachte, das würde Gudrun guttun. Was es sichtlich tat. Gudrun war immer schon da, wenn Hanna kam. Egal zu welcher Tageszeit. Sie lag in Hannas Liegestuhl, neben sich einen Stapel Bücher und eine Thermoskanne mit Tee. Einmal hatte Hanna kehrtgemacht und sich mit der Zeitung ins Café gesetzt, weil sie keine Lust auf belanglose Gespräche hatte. Ihr waren die Tränen gekommen. Aus Enttäuschung und Wut. Über Gudrun. Über sich selbst.

Seit zwei Wochen radelt Hanna jeden Tag in ihren Pflegegarten. Manchmal kommt sie vor oder nach der Arbeit kurz zum Gießen, manchmal bleibt sie länger. Im Familiengarten schaut sie nur vorbei, wenn sie Lust darauf hat und weiß, dass ihr Mann auch dort ist. Harald darf sich jetzt selbst mit seinen Eltern unterhalten und sich ihre Ratschläge anhören, während Hanna in ihrem Liegestuhl entspannt, der wieder ihrer ist. Vor ein paar Tagen hat sie Gudrun ohne Begründung freundlich mitgeteilt, dass das Angebot eines auf Zeit war. Nachdem sie um die Rückgabe des Gartenschlüssels gebeten hatte, war Gudrun empört und ohne ein Wort des Dankes davongerauscht.

Ihrer Familie hat Hanna gesagt, dass sie in der Arbeit ein umfangreiches Projekt übernommen hat und nicht mehr jeden Tag in den Garten kommt. Und dass sie die Verantwortung für das tägliche Abendessen abgibt. Nachfragen gab es keine. Ihre Söhne haben einen Wochenplan erstellt, der bisher gut funktioniert. Sie teilen sich die Tage auf. Der Speiseplan ist übersichtlich. Es gibt Butterbrezen, Käsebrote oder Harald bringt nach der Arbeit eine große Pizza mit. Für die Vitamine sorgt der Garten und alle sind zufrieden.

Ihr Geheimnis wird Hanna noch eine Weile für sich behalten. Veränderung braucht Zeit. Die Sache mit dem Liegestuhl war ein guter Anfang.

Au-pair für Schrebergarten gesucht!

Die Anzeige aus der Bäckerei hat Hanna aufgehoben. Irgendwann wird sie ihren Mann auf ein Glas Wein einladen. Ohne Kinder. Ohne Gefolge. Und wie war das mit dem Gartenhaus?

__Stefanie Waizer-Fichtl__ ist 1963 in München geboren und lebt und arbeitet dort. Die Ideen, sich kreativ auszudrücken, gehen ihr nicht aus – meist entstehen sie auf dem Fahrrad, ihrem täglichen Begleiter. Zum literarischen Schreiben fand sie im Frühjahr 2020.

Der Gartenkrieg

Johann Kulimoetoke blickte verdrossen auf das Gemüsebeet. Er verstand das gar nicht. Seine Eltern, von denen er Haus und Garten geerbt hatte, hatten einen prächtigen Garten gehabt. Er war nicht groß, aber es grünte und blühte überall. Doch seit er eingezogen war, ging es rapide bergab. Dabei hatte Johann durchaus einen grünen Daumen. Vor seiner Erbschaft hatte er einen Schrebergarten gepachtet, der immer grünte und dessen Erträge ansehnlich waren. Seine Fähigkeiten reichten nicht an die seiner Mutter heran, die es auf unerklärliche Weise geschafft hatte, den Garten in Paradies zu verwandeln, aber alles, was er pflanzte, ging ein. Es dauerte nur wenige Tage und alles wurde braun. Außerdem hatte Johann einen ärgerlichen Schädlingsbefall. So etwas hatte er in seinem Schrebergarten noch nicht erlebt. Jeder Schädling hatte es auf den Garten abgesehen. Nützlinge gab es keine. Johann hatte versucht, welche anzulocken, ohne Erfolg. Auch Chemie brachte nichts. Er hatte schon einen Gärtner engagiert, aber auch der war ratlos.

Es gab hier nichts mehr zu tun. Diesen Herbst konnte er nichts ernten. Verärgert räumte er die Gartengeräte weg. Da sah er vor dem Schuppen einen Gartenzwerg stehen. Seit wann hatten seine Eltern solchen Kitsch? Sie hatten sogar über ihre gartenzwergliebende Nachbarschaft gelästert. Was Gartenzwerge anging, dachte er wie seine Eltern. Er wollte nach dem Zwerg greifen, da wich dieser geschickt aus. Johann erstarrte. Das musste eine Sinnestäuschung gewesen sein! Der Zwerg stand still da. Hatte er nicht anders ausgesehen? Er stemmte die Hände in die Hüften, vorher hatte er die Arme doch verschränkt. Johann schüttelte den Kopf. Er musste sich getäuscht haben. Weg mit dem Ding. Erneut griff er nach dem Zwerg.

„He! Was soll denn das? Das ist aber nicht die feine englische Art, du Grobian!", rief da der Zwerg entrüstet. Entsetzt ließ Johann den Zwerg fallen und stieß einen Schrei aus. Das musste die Trauer um seine Eltern sein! Hatte er einen Nervenzusammenbruch?

„Pass doch auf!", beschwerte sich der Gnom.

„Was bist du?", entfuhr es dem Hauserben.

Der Zwerg blickte ihn nur mitleidig an. „Ich bin Marten, ein Gartenzwerg, das solltest du bemerkt haben. Ich bin Anführer des Tavulore-Clans. Wir sind für die Blumen zuständig", erklärte er stolz.

Johann schüttelte den Kopf. „Was meinst du damit?", wollte er wissen.

„Warum glaubst du wohl, dass es im Garten deiner Eltern überall so gegrünt und geblüht hat? Deine Mutter mag ja eine gute Gärtnerin gewesen sein, aber wir haben unseren Teil dazu beigetragen. Ohne unsere Magie sähe der Garten schon lange so aus, wie er jetzt aussieht", erläuterte Marten. „Deine Mutter war eine begnadete Diplomatin. Nur so konnten die Clans so lange Frieden halten. Wir waren oft bei euch, den Thing abzuhalten, um Streitigkeiten zu klären. Aber sie ist tot und niemand mehr da, der unseren Streit schlichtet. So herrscht Krieg unter den Clans. Als wir hörten, dass es einen Erben gibt, wurde ich entsandt. Bitte hilf uns, bevor wir uns selbst vernichten", flehte der Zwerg.

Kulimoetoke dachte nach. „Worum geht es denn in diesem Streit?", erkundigte er sich. Wenn er vermitteln sollte, musste er mehr wissen.

„Wir sind uneins, wem wir mehr helfen sollen, den Pflanzen oder den Tieren. Es gibt Tierwächter und Pflanzenhüter. Unsere Magie aufzuteilen, wäre Verschwendung. Wir müssen uns entscheiden. Die verschiedenen Clans, die entweder zu den Tierwächtern oder zu den Pflanzenhütern gehören, können sich nicht einigen. Es gab schon Kämpfe unter den Fraktionen. Ich selbst bin ja ein Pflanzenhüter, aber ich weiß auch, dass Tiere sehr wichtig sind. Deshalb hat man mich auch als Gesandten auserkoren. Ich werde dich nicht beeinflussen. Du musst entscheiden. Die Clans haben sich bereit erklärt, deinem Urteil zu folgen", erläuterte der Gartenzwerg das Problem.

Johann verstand jetzt auf einmal, was mit seinem Garten los war. Der Krieg der Gartenzwerge hatte die Schäden verursacht. „Scheint so, als hätte ich keine Wahl, oder?", erwiderte er resigniert.

Johann hatte Gartenbücher gewälzt und das Internet durchsucht. Er kannte sich gut aus, aber die Hintergründe waren ihm nicht klar. Warum und wie unterstützten oder bekämpften sich Tiere und Pflanzen? Das ging über sein Wissen hinaus. Doch bald merkte er, dass sich Tiere und Pflanzen brauchten. Tierwächter und Pflanzenhüter mussten sich unterstützen. Die Aufteilung der Magie war keine Verschwendung, sondern notwendig. Es bedeutete aber, dass man nicht die ganze Energie auf die Pflanzen oder die Tiere richten durfte, sondern sie so zu dosieren hatte, dass sie ausreichte, um die Symbiose zwischen beiden zu fördern. Der Rest ging von allein. Hoffentlich konnte er die Gartenzwerge überzeugen. Am liebsten hätte er eine Präsentation benutzt, um den Gartenzwergen zu zeigen, was er meinte, aber er hatte keine Leinwand und keinen Projektor. Ob es ausreichte, sie auf dem Tablet darzustellen?

Er hatte die Gartenzwerge auf den Freisitz hinter dem Haus gebeten. Etwas unsicher setzte er sich an den Tisch. Da raschelte es. Sähe er es nicht mit eigenen Augen, würde er es nicht glauben. Gartenzwerge, genau solche, die man auch in Häusern mit weniger Geschmack fand, kamen auf seinen Freisitz, nur dass die hier lebendig waren. Johann versuchte, nicht zu schockiert zu sein. Immerhin kannte er ja Marten.

Dieser kam auf ihn zu und verneigte sich würdevoll. „Dies ist Yammywuck, Anführer der Tierwächter. Und dies Sylla, die Oberste der Pflanzenhüter. Sie sind gekommen, deine Worte zu hören", verkündete Marten.

„Ich heiße euch bei mir willkommen. Es ist mir eine Ehre, zwischen euch zu vermitteln", begrüßte der neue Hausbesitzer seine ungewöhnlichen Gäste.

„Es ist uns eine große Ehre, hier sein zu dürfen", erwiderte Yammywuck.

„Wir danken dir für deine Hilfe", ergänzte Sylla.

„Nun, was rätst du uns?", verlangte Yammywuck zu wissen.

„Eure Aufgabe ist nicht, eure ganze Energie darauf zu setzen, Tiere oder Pflanzen ausschließlich zu unterstützen. Ihr müsst nur die Symbiose zwischen beiden stärken. Wenn ihr darauf eure ganze Kraft setzt, dann werdet ihr gemeinsam erfolgreich sein", erklärte Johann. „Lernt, mit euren Talenten zu leben, und ergänzt euch gegenseitig."

Die beiden Oberhäupter sahen sich bedeutungsvoll an. „Nun, du meinst, wir müssen gar nicht die ganze Natur kontrollieren?", meinte Sylla bedächtig.

„Das versuchen wir Menschen seit Jahrtausenden und noch nie ist etwas Gutes dabei rausgekommen. Macht nicht unsere Fehler", gemahnte der Vermittler.

„Das könnte funktionieren. Wir sollten einen Pakt schließen", schlug Yammywuck vor. Ein Raunen ging durch die Menge der anwesenden Gartenzwerge. Einen Pakt hatte es seit tausend Jahren nicht gegeben.

Sylla nickte. Ja, das war eine Möglichkeit. Die beiden umfassten ihre Oberarme. „Hiermit schwören wir, gemeinsam der Natur zu dienen, jeder in seinem Reich und dafür sorgen, dass sich Tiere und Pflanzen unterstützen", beeideten sie feierlich.

Da wandte sich Marten an den Gartenbesitzer. „Die Clans danken dir. Du hast uns gerettet. Ohne dich hätten wir uns selbst vernichtet", erklärte der Gesandte.

Johann winkte ab. „Es war mir eine Ehre", meinte er nur.

„Ich wünsche dir alles Gute. Wir werden gemeinsam auf deinen Garten achten", versprach Sylla.

Das Leben konnte für die Clans weitergehen. Johann dachte jedoch nur an seine Eltern. Welche Geheimnisse mochten sie wohl noch gehabt haben? Mit diesen Gedanken überließ er den Garten sich selbst und ging ins Haus. Es gab noch viel zu tun.

Florian Geiger, wohnhaft in Lörrach, geboren 1982 in Heidelberg, schreibt schon seit seiner Kindheit gerne Geschichten, besonders in den Bereichen Science-Fiction und Fantasy. Bisher konnte er Kurzgeschichten in verschiedenen Verlagen veröffentlichen. Seine Hobbys sind das Schreiben von Kurzgeschichten und das Lesen. Website: https://floriantobiasgeiger. jimdofree.com/; Fediversum: https://opensocial.at/profile/anarcheron.

Hilfe, ich
bin ein Pflanzen-Messie!

Es begann harmlos, wie vermutlich bei jeder Sucht. In meinen Anfängen als Hobbygärtnerin pflanzte ich ein Pflänzchen hier und eines dort, um einen eintönig gestalteten Stadtgarten zu verschönern. Die ersten Blüten versetzten mich in Ekstase. Ich war gierig und verlangte nach immer mehr. Meine Gartenlust wurde zur Gartensucht. Unter uns gesagt: Ich bin längst ein Pflanzen-Messie.

Die Sträucher und immergrünen Bodendecker fand ich zu unspektakulär. Außerdem boten sie Insekten zu wenig Nahrung. Ich sehnte mich nach einem Fest der Farben und Düfte, das das ganze Jahr über andauern sollte. Wie eine Süchtige sehnte ich dauerhafte Rauschzustände herbei.

Je mehr Gartenbücher und Gartenkolumnen ich verschlang, umso mehr Gefallen fand ich daran, diesem Garten eine Seele zu geben. Ich war besessen von dieser Idee, erstellte Listen mit meinen Wunschpflanzen und zeichnete Entwürfe für die bereits angelegten Beete. Monate später machte ich mich ans Werk. Ich setzte noch zögerlich und strikt nach Farben und Sorten getrennt die ersten Zwiebeln von Frühlingsboten. Dann geschah lange nichts.

Das änderte sich mit den ersten Sonnenstrahlen im darauffolgenden Frühling. Nach und nach streckten Krokusse und Traubenhyazinthen ihre Köpfchen aus der Erde. Sie ahnten nicht, welche Freude sie mir bereiteten. Fortan verging kein Tag mehr, an dem ich nicht meine Blumen bewunderte. Das war der Beginn meiner Karriere als Pflanzen-Messie.

Mit meinen ersten Frühlingsblühern hatte ich Blut geleckt. Blut und Leben musste ein Teil der Bodendecker für Blumen und Kräuter lassen. Kränkelnde Sträucher ersetzte ich durch Zaubernuss, Bauernjasmin, Forsythie, Perückenstrauch, Mahonie, Kulturheidelbeeren, Himbeeren und Brombeeren. Sie fügten sich gut in die Berberitzenhecke ein. Das gefiel nicht nur mir, sondern auch den Vögeln. Sie schienen sich wie im Paradies zu fühlen. Wie ich, als ich den ersten Beeren beim Reifen zusah. In meinem Freudentaumel vergaß ich das Ernten, was die Vögel gerne für mich erledigten. Diesen Anfängerfehler beging ich kein zweites Mal.

Meine Beerensträucher wären ohne Früchte so traurig wie ein Paradiesgarten ohne Rosen. Ich näherte mich den Königinnen aller Blumen, wie es sich für Hoheiten gehörte, respektvoll. Ich studierte ihre Vorlieben und ihre Schwächen und beschloss, nur weniger kapriziöse, sogenannte ADR-zertifizierte, also widerstandsfähige Rosensorten auszuwählen. Ich erstellte eine Liste mit farblich passenden und remontierenden Sorten. Der Einkauf gestaltete sich viel schwieriger als die Recherche. Ich graste die Gärtnereien in der Umgebung ab und weitete nach und nach meinen Radius aus, um meine Liste vollständig abzuarbeiten. Inzwischen habe ich den Rosenhändler meines Vertrauens längst gefunden, jedoch leider kaum mehr Platz für Neuzugänge.

Als Majestäten zogen meine Rosen von Juni bis zum ersten Frost mit ihren weißen, creme- und rosafarbenen, violetten, roten, orangen und gelben Blüten alle Blicke auf sich.

Die mehrjährigen Stauden und die wohlduftenden Kräuter kämpften gegen die Opulenz der Rosen an. Iris, Lavendel, Sonnenhut, Islandmohn, Katzenminze, Phlox und Astern wollten sich nicht unterwerfen. Ich war berauscht und verlangte wie eine Süchtige nach mehr. Die Wunschliste nahm kein Ende. Sobald der Platz in den Beeten rar wurde, widmete ich einen Teil des Rasens in ein neues um und freute mich über diesen Geniestreich.

Die Verwandlung unseres Gartens verlief nicht unbemerkt von unseren Zaungästen. Manche waren nicht nur neugierig, sondern verwechselten unseren Garten mit einem Feinkostladen. Plötzlich mundeten ihnen die Bodendecker nicht mehr und sie entdeckten die köstlichen Rosenknospen. Die Fraßspuren ignorierend, freute ich mich sogar, dass sie unsere grüne Hecke passierten. Als sie meine Gastfreundschaft ausnutzten und immer hinterlistiger und gieriger wurden, versetzten sie mich in Rage. Rehe, diese possierlichen Tiere, waren tatsächlich Feinschmecker. Auch sie waren süchtig nach meinen Blumen. Eines Tages wagten sie sich vom waldseitigen Teil des Gartens weiter vor zur sonnigeren Seite, wo der Gabentisch reichlich gedeckt war. Sie hatten großen Appetit auf Blütenknospen aller Art. Wie nach einem rauschenden Fest war die Tafel ratzeputz leergefressen. Sie verschonten keine einzige Blüte.

Das glich einer Kriegserklärung, die ich mit einem Rehzaun quittierte. Seither herrscht zumindest zeitweise Frieden im Paradies.

Die Rehe blieben nicht die einzigen Unruhestifter. Meine Waffen und Strategien änderten sich mit den Eindringlingen. Meine größten Feinde blieben die Schnecken, die manchmal gleich einer biblischen Plage in unseren Garten einfielen. Sie zwangen mich bei jedem Wetter zu Kontrollrunden. Weinbergschnecken und Tigerschnegel durften bleiben, obwohl Letztere zum Fürchten aussahen und mich in der Dämmerung gerne erschraken. Kein Erbarmen hatte ich mit den nimmersatten, braunen Nacktschnecken. Sie beförderte ich umgehend in den Schneckenhimmel. Die Zeiten des Jammerns über die angerichtete Verwüstung waren vorbei. Handeln statt zaudern war längst meine Devise.

Auch die Ameisen zwangen mich dazu, härtere Saiten aufzuziehen. Mit Einsetzen der schwülwarmen Witterung überspannten sie gerne den Bogen, wenn sie ihre Straßen mit Umwegen über das Haus zurück in den Garten legten und einige Staaten auf unserem Grundstück gründeten.

Die Ameisen änderten ihre Strategien und ich mit ihnen meine Taktik. Vom Kampf erschöpft widmete ich mich mit Schmierseifenlösung oder Gartenschlauch der nächsten Front: den Blattläusen auf Rosen und Clematis. Das Blatt wendete sich unerwartet. Die Ameisen verspürten plötzlich großen Appetit auf Läuse und verloren die Lust, mich zu ärgern.

Ich genoss diesen Waffenstillstand und beobachtete Schmetterlinge, Bienen und Hummeln beim Nektarnaschen. Im Hintergrund zwitscherten die Vögel und die Grillen zirpten. Ich bewunderte meine Blumen und ignorierte ihre Zurufe, wer die schönste im Land sei. Kaum bemerkte ich eine Lücke im Beet, setzte ich reflexartig Namen auf meine Einkaufsliste. Ich dachte über die Bepflanzung von Hochbeeten nach und ob ich die Wege mit Töpfen säumen solle.

Während ich die Ameisen im Auge behielt, blickte ich an meine Anfänge zurück. Vieles war gelungen, wenn auch nicht strikt nach Plan. Unser Garten lehrte mich, gelassener zu sein und die Natur zu respektieren. Manches gedieh nicht am zugewiesenen Platz, aber an anderer Stelle. Manchmal trugen Wind oder Ameisen Samen in den Garten. Wild aufgegangenen Veilchen, Vergissmeinnicht und Glockenblumen hätte ich keinen schöneren Platz zuweisen können.

Ich sehnte mich nach einem Fest der Farben und Düfte, das das ganze

Jahr über anhielt. Wenn im Winter überall alles ruht, blühen bei uns Schneerosen, Zaubernuss und der Schneeball. Meisen spielen Abfangen und stärken sich bei den Vogelhäusern und den Tränken. Selbst im Winter ist es in unserem Garten nicht mehr langweilig. Und ich erkenne, dass es gar nicht so schlimm ist, ein Pflanzen-Messie zu sein.

Barbara Schwarzl arbeitet seit Beendigung ihres Pharmaziestudiums in verschiedensten Apotheken Österreichs. Die schreibende Apothekerin hat ein Faible für Personen mit schwierigen Schicksalen, die aber mit aller Kraft für ein besseres Leben kämpfen und sich niemals unterkriegen lassen. Fasziniert von den Untiefen der menschlichen Seele widmet sie sich in ihren psychologischen Romanen unbequemen Themen, die zum Nachdenken anregen. Darüber hinaus schreibt sie gerne Reiseliteratur und Kurzgeschichten. Seit Erscheinen ihres Buches „Spurensuche. Diagnose Schizophrenie" setzt sie sich – auch in den sozialen Medien – gegen die Stigmatisierung psychisch Kranker ein. Die Autorin reist gerne und ist passionierte Hobbygärtnerin. Bei ihr wurde Gartenlust zur Gartensucht, wie sie anschaulich in „Hilfe, ich bin ein Pflanzen-Messie" beschreibt.

Glück

der Regen vorbei, die Pflanzen warten
ich rufe: „Liebling, ab in den Garten,
schau mal, ich sehe ein besonderes Licht,
weil Elfen hier tanzen, sie fürchten sich nicht."
die Freiheit hilft ihnen, die Angst zu bezwingen
so bleibe ich sitzen und höre sie singen
von grünen, hoch wachsenden Bäumen
von wilden, bunt leuchtenden Träumen
vom weißen Hirsch und fliehenden Rehen
die besser als wir die Natur verstehen
von Blumen, die uns beschenken immerzu
mit verspielten Blüten und traumhafter Ruh
von Frühlingszauber, sanftem Sonnenspiel
von summenden Bienen am duftenden Ziel
von raschelndem Herbst und Blättermagie
der Elfenschlaf endet im Frühling für sie
ihr Glück liegt versteckt in den Jahreszeiten
wie bei uns, wenn wir durch den Garten schreiten

Regina Berger, geboren 1961 in Hagen, ist nach dem Studium in Münster (Dipl.-Sozialpädagogik) nach Wuppertal gezogen und fängt dort, wenn sie nicht arbeitet, als freie Autorin Träume und Wunder mit beiden Händen ein. Sie schreibt Lyrik und Prosa und ist mit ihren Texten in über 70 Anthologien vertreten. Erste Buchveröffentlichung 2019 „Elvis auf der Himmelsleiter" (Herzsprung-Verlag).

Schlachtfeld: Garten

Meine Tasse mit dem Frühstückskaffee fällt unter einem grellen Klirren auf die Fliesen des Küchenbodens und zerspringt in vier Keramikstücke. Habe ich da eben richtig gesehen? Ich muss es mir eingebildet haben. Der helle Fleck ist schon verschwunden. Oder war er überhaupt da? Nein wirklich, da ist er wieder: Ein weicher Gelbschimmer schiebt sich durchs Fenster. Dieses Mal bleibt er.

Ich eile zur Tür hinaus und stelle mich auf die Veranda. Das muss inspiziert werden. Tatsächlich: die Sonne. Endlich. Sie scheint so kräftig, als hätte sie sich den ganzen Winter über gesammelt, um jetzt die angesparte Wärme der letzten Wintermonate mit einem Mal verschwenderisch um sich zu schleudern. Beinahe erschlagen werde ich davon. Überwältigend. Sie scheint mir mitten ins Gesicht. Mit geschlossenen Augen drehe ich meine Wangen hin und her. Fange jeden Lichtfetzen auf. Minuten vergehen. Auf einmal zieht eine kleine Wolke auf und bahnt sich ihren Weg vor den großzügigen Wärmespender. Sie ist winzig, aber mithilfe des kurzen, schattigen Moments gelingt es mir, mich von meinem Platz zu lösen.

Voll Tatendrang marschiere ich geradewegs über die hellbraunen Rasenreste zur kleinen Holzhütte. Als ich das Tor entriegle, sind meine Filzpantoffeln feucht und nässen bis zu meinen Fußsohlen durch. Macht nichts. Die rettende Gartenrüstung befindet sich direkt vor mir: Strohhut, Latzhose, Handschuhe, Gummistiefel. Die Latzhose ist um die Mitte herum deutlich enger als beim letzten Mal. Egal. Dann bleibt links und rechts eben der oberste Knopf offen. Ich setze gut gelaunt meinen Strohhut mit dem blau-weiß gestreiften Band auf. Ist aus Griechenland. Den habe ich schon seit über zehn Jahren. Und das sieht man ihm auch an. Man könnte meinen, ich hätte ihn einer Vogelscheuche gestohlen. Es lugen mehr Halme heraus, als noch eingeflochten sind. Aber zumindest passt er noch genauso gut auf meinen Kopf wie meine Hände in die Handschuhe und die Füße in die Gummistiefel.

Rüstung sitzt, ab gehts es zu den Waffen. Der Rasenmäher wird wohl noch etwas warten müssen. So viel hat sich dann doch noch nicht getan. Sieht gerade einmal dort im hinteren Bereich nach ein bisschen frischem Grün aus. Lohnt sich noch nicht. Aber es juckt mir in den Fingern. Einmal kurz drübermähen wird man ja dürfen. Schon geht es los. Auf zum Schlachtfeld! Rasenmäher an und vorwärts. Da kommt die Schikane beim gepflasterten Weg. Schwieriges Manöver. Und schon fertig. Jetzt dürfen Rechen, Gartenschere und Unkrautharke zum Einsatz kommen.

Das meiste vom braunen Laub habe ich zwar vor dem Winter schon für die Igelfamilien aufgetürmt, aber die übrigen Blätter müssen dennoch vom Gras entfernt werden. Und auch den Brennnesseln, die hinterm Haus unbeaufsichtigt vor sich hingewuchert sind, wird heute endlich der Kampf angesagt. Die großen Sträucher, die den Garten umschließen, sind ebenfalls nach einiger Zeit wieder zurückgestutzt und in Form gebracht. Schon kommt die Feinarbeit: Ich streife behutsam die schützende Plastikplane vom Buchsbaum, der eindeutig einen neuen Haarschnitt braucht. Mit der elektrischen Gras- und Strauchschere trimme ich vorsichtig daran herum, bis er seine gewohnte Bubikopf-Frisur wieder hat.

Dann ist das Gemüse- und Kräuterbeet an der Reihe. Mein Augapfel unter den Gartenzonen. Eine Arena für sich. Zuerst muss die aktuelle Lage ermittelt werden. Hier und da steht noch ein kläglicher, brauner Stiel oder Stängel herum. Fort damit. Dahingerafft. Es dauert eine ganze Weile, aber irgendwann habe ich dann auch die hartnäckigen Reste der Minze entfernt, die sich schon unterm Jahr parasitenhaft ausgebreitet hat. Anfangs hielt sie sich noch in ihrem eigenen Areal auf, aber dann ist sie plötzlich zwischen den Erdbeeren, Buschbohnen und Kartoffelpflanzen emporgeschossen wie ein Pubertierender im Wachstumsschub. Anfängerfehler, hat mir eine Freundin erklärt. Nicht zu bändigen. Deshalb wird die Minze heuer einen eigenen Topf bekommen.

Als das letzte Unkraut beseitigt ist, verräume ich die Gerätschaften und hole die Scheibtruhe hervor. Mit der Schaufel wird ordentlich Kompost aufgeladen und liebevoll über dem Beet verstreut. Nachdem alles eingeebnet ist, reibe ich zufrieden meine Hände. Jetzt kommt der für mich schönste Teil: Saatgut durchstöbern und auswählen. Zum Einsetzen ist es zwar noch zu früh, aber es schadet schließlich nicht, wenn man vorbereitet ist. Erst wird entschieden, was überhaupt gepflanzt wird. Zucchini oder Kürbis? Normale Tomaten oder die kleinen? Wieder Buschbohnen oder diesmal Erbsen? Bei den Kräutern dauert die Auswahl auch ein bisschen. Der Rosmarinstrauch hält sich zum Glück selbst am Leben und bedarf keiner weiteren Aufmerksamkeit. Basilikum, Schnittlauch und Petersilie sind Standard und die Kresse züchte ich ohnehin im Haus in eigenen Behältern heran. Die Frage ist: Salbei – ja oder nein? Der geht bei mir grundsätzlich ein. Soll ich dieses Jahr wieder einen Platz verschwenden für ein Kraut, das nichts wird? Vielleicht gibt es da eine besonders robuste Sorte? Am besten, ich frage im Geschäft nach.

Also wechsle ich von der Gartenrüstung in ein alltagstaugliches Outfit und bewege mich zielstrebig Richtung Garten- und Pflanzenladen. Das Wetter ist traumhaft, also mache ich einen kleinen Umweg über den Park. Es sind kaum Menschen unterwegs. Herrlich.

Vor dem Geschäft begrüßt mich ein *Geschlossen*-Schild. Richtig: Feiertag. Also wieder retour. Der menschenlose Park ist ohnehin einen eigenen Spaziergang wert.

Als ich wieder zu Hause ankomme, überlege ich kurz, ob ich noch einmal in meine Gartentracht schlüpfen soll. Aber für die Saatauswahl reicht eigentlich auch eine Jogginghose. Es muss noch überlegt werden, welche Zierpflanzen die Auserlesenen sind. Da setze ich meistens nur irgendeine Trichterwinde ein. Aber vielleicht werden es dieses Jahr zusätzlich Sonnenblumen? Ich sehe nach, ob überhaupt noch Samen da sind. Eine Handvoll gibt es noch. Auswahl also getroffen. Entscheidungskampf abgeschlossen.

Mein Mann reißt mich aus meinen blumigen Gedanken: „Schatz, das Abendessen ist da. Ich habe Chinesisch bestellt!"

Ich folge Tom ins Haus, beseitige noch schnell das Kaffee-Chaos vom Küchenboden und setzte mich an den Esstisch. War er tagsüber eigentlich auch daheim?

Sonja Jurinka *wurde 1989 geboren und lebt in Wien. Sie schreibt seit ihrer Kindheit Gedichte und versucht sich seit Kurzem auch an anderen Genres.*

Blumenparadies

Ich weiß noch mein Vergissmeinnicht,
ich hab es nie gesehen,
doch brachte es mir doch viel Licht,
auch wenns zu früh musst gehen.

So wie auch meine Walderdbeere,
war ich doch noch so klein,
so oft gefragt, wie es wohl wäre,
könnt sie noch bei mir sein.

Mein geliebtes Gänseblümchen,
es ging auch schon von mir,
was würd ich tun, um noch zu fühlen,
die Berührungen von dir.

Hell erstrahlt die Sonnenblume,
war unser aller Licht,
doch leider kommt das hier posthume,
nicht mehr in dein Gesicht.

Mein geliebtes Freisamkraut,
schenktest mir doch so viel Zeit,
enge Verbindung aufgebaut,
und jetzt durchzieht dich Leid.

Hast mitgebracht die Pusteblume,
sie ist mal hier, mal da,
mal auf dem Berg, in der Lagune,
doch nie so richtig nah.

Mein oft gebrochner Löwenzahn,
mit mir so viel gelacht,
ach, könnt ich dich doch nur bewahr'n,
vor deiner inn'ren Nacht.

Meine wundervolle Rose,
hast so viel für mich geblutet,
deine Liebe 'ne endlose,
hat mein Herz gar überflutet.

Du hast dir ausgesucht den Klee,
stille Wasser sind doch tief,
auch wenn ichs nicht versteh,
bis jetzt gings doch nicht schief.

Unsre kleine Silberkerze,
ist selbst doch schon so groß,
jede noch so kleine Schwärze,
lass sie doch einfach los.

Meine so verpeilte Schafgabe,
wie haben wir es nur geschafft,
so oft kam auf nur diese Frage,
schenkst mir am Ende Kraft.

Mitgebracht hast du Lavendel,
verwurzelt doch so tief,
erträgt sämtliches Rumgependel,
und doch so exklusiv.

Kata *ist 27 Jahre alt und kommt aus Wien. Sie arbeitet als Pädagogin in einem Hort sowie Kindergarten und den Großteil ihrer Freizeit verbringt sie mit ihrer zweijährigen Hündin Pallas. Ansonsten werkt sie gerne kreativ (Schreiben, Sticken, Bastel mit diversen Materialien, …), spielt Brettspiele und PS4 oder liest.*

Hanni Hummel

Der Winter neigt sich dem Ende zu, nur an vereinzelten, im Schatten liegenden Stellen trotzen noch Schnee und Eis den wärmer werdenden Sonnenstrahlen. Aber auch diese Stellen werden von Tag zu Tag kleiner, einige sind schon ganz verschwunden. Der Winter zieht sich zurück und überlässt dem Frühling die Welt. In den Gärten sprießen die ersten Blumen. Schneeglöckchen haben ihre zarten Blüten schon vor Tagen aus der Erde gestreckt, ihnen folgen – zuerst noch zögerlich – Krokus und Blaustern. Winterlinge zeigen ihre gelben Blüten und bieten den ersten Insekten Nahrung. Veilchen und Schlüsselblumen sind mit von der Partie, ebenso die Sal-Weiden, die mit ihren pelzigen Kätzchen eine wichtige Nahrungsquelle bieten.

Im Garten herrscht schon reges Treiben, neben vereinzelten Schmetterlingen fliegen auch die ersten Bienen und Hummeln. Natürlich können diese Tiere nur in naturnahen Gärten überleben, in den vielen Schottergärten haben sie keine Chance.

In einen solchen Schottergarten hat sich die unglückliche Hanni Hummel verirrt. Gerade aus der Winterruhe erwacht, macht die junge Hummelkönigin sich auf, ein neues Volk zu gründen und den Fortbestand ihrer Art zu sichern. Suchend fliegt sie umher, gilt es doch, Nahrung und eine Unterkunft zu finden. Wobei Nahrung vorerst Priorität hat, denn sie braucht Energie, um ein Heim für ihren neuen Staat zu finden und diesen zu gründen. Leider hat sie unsägliches Pech, nirgends findet sie Nahrung. Überall nur Stein, Beton und Schotter. Oder perfekte Rasenflächen, die zwar keine Arbeit machen, da sie ohnehin von Mährobotern gepflegt werden, aber noch nicht einmal ein Gänseblümchen beherbergen. So wird Hanni bei ihrer Suche immer schwächer und mutloser. Soll ihr Leben so schnell enden? Und mit ihr das eines ganzen Volkes, denn ohne Königin kein Volk. So ist es schon seit ewigen Zeiten. Aber die Zeiten haben sich geändert. Im Sinne der Menschen und ohne Rücksicht auf Natur und Tiere.

Da, Hanni vernimmt einen verlockenden Duft. Obwohl sie noch nie Nahrung zu sich genommen hat, erkennt sie instinktiv, dass sie hier richtig ist. Nun muss sie die Nahrung nur noch erreichen. In ihrem geschwächten Zustand gar nicht so einfach. Hier kommt ihr der Zufall zu Hilfe. Eine starke Windböe erfasst die kleine Hummelkönigin und trägt sie geradewegs in einen anderen Garten.

Dieser Garten, von einigen Leuten im Dorf als gammelig, ungepflegt und eine Schande bezeichnet, ist ein Naturparadies und bietet vielen Tieren Heim und Nahrung, denn die Besitzer halten dies für wichtiger als die Meinung der Nachbarn.

Aber auch jetzt hat die arme Hanni Pech, sie landet auf einem gepflasterten Weg gleich neben einem Beet, aus dem ein köstlicher Geruch weht. Neben den letzten Schneeglöckchen blüht eine stattliche Anzahl von Krokussen, die diesen Duft verströmen. Hanni versucht, diese zu erreichen. Fliegen kann sie in ihrem geschwächten Zustand nicht mehr, also versucht sie, die rettende Nahrung krabbelnd zu erreichen.

Plötzlich verdunkelt ein Schatten die wärmenden Sonnenstrahlen. Hanni erstarrt vor Schreck. Noch nie in ihrem kurzen Leben hat sie einen Menschen auch nur gesehen, aber sie weiß, dass dies ein Mensch sein muss und dass man sich vor Menschen in acht nehmen muss, da viele dieser Spezies den Insekten nicht wohlgesonnen sind. Dieses uralte Wissen ist ihr angeboren. Ergeben wartet sie auf ihr Ende, das zugleich das Ende ihres Volkes bedeutet.

Ein Luftzug – und etwas klatscht neben ihr auf die Erde. Der Mensch hat die Hummel im letzten Moment entdeckt und seinen Schritt noch schnell zu Seite gelenkt, um sie nicht zu zertreten. Er beugt sich prüfend zu der kleinen Hummel herunter. Als er merkt, dass sie noch lebt, weiß er, dass hier schnelle Hilfe nötig ist.

Sofort geht er zurück ins Haus, um nach kurzer Zeit wieder in den Garten zu kommen, wo Hanni noch immer am Boden liegt, dem Tode nahe. Der Mensch, ein nicht mehr ganz junger Mann, setzt sich kurzerhand neben sie und hält ihr etwas hin. Hanni kann natürlich nicht wissen, dass es ein Löffel ist. Auch nicht, dass die Flüssigkeit auf dem Löffel Zuckerwasser ist, welches der Mann extra hergestellt hat, um der kleinen Königin zu helfen.

Aber es riecht verführerisch, so rollt sie ihren Rüssel aus. Der Mann schiebt den Löffel noch etwas näher, damit sie ihn gut erreichen kann. Vorsichtig taucht Hanni ihren Rüssel in die Flüssigkeit und trinkt, zunächst noch zögernd, dann aber immer mehr, bis sie schließlich nicht mehr kann. Ihre Lebensgeister kehren zurück, ebenso ihre Hoffnung. War es möglich, dass dieser Mann einer von den guten Menschen war und sie die Chance bekam, doch noch ein Volk zu gründen und einen wichtigen Beitrag für die Natur zu leisten?

Offenbar schon, denn der Mensch schiebt ein kleines Blatt Papier unter die Hummel, die sofort wieder erstarrt, und hebt sie vorsichtig an. Dann trägt er das Papier mit Hanni an die Seite des Krokusbeetes, die im Sonnenschein liegt, und setzt sie vorsichtig ab. Nun platziert er noch den Löffel in ihrer Reichweite, damit sie ihn leicht erreichen kann, falls es nochmals nötig sein sollte.

„Viel Glück, kleiner Brummer", sagt er lächelnd, ehe er wieder ins Haus geht.

Hanni erholt sich langsam, dank des Zuckerwassers gelangt sie wieder zu Kräften. Schließlich schafft sie es sogar, die Krokusse anzufliegen und sich dort ihre Nahrung zu holen. Als der Mann später noch einmal nach seinem Schützling sehen will, sieht er zu seiner Freude eine Hummel, die eifrig den Nektar der Krokusse saugt und schon wieder ganz munter ist.

Dass Hanni gerade beschlossen hat, sich in diesem Garten einen Platz für ihr Nest zu suchen, kann er natürlich nicht wissen, aber zumindest weiß er, dass er diese Hummel wohl gerettet hat – und damit ein ganzes Hummelvolk. Das ist für ihn wichtiger als ein ordentlicher Garten oder das Geschwätz einiger Leute.

Margit Günster, Jahrgang 1963, ist Hauswirtschaftsmeisterin und in diesem Beruf seit über 40 Jahren tätig. Seit über 30 Jahren diverse Veröffentlichungen (Gedichte, Geschichten und Fotos) in Zeitungen, Zeitschriften, Fachzeitschriften und Kalendern. Lebt in Boden, einem kleinen Ort im Westerwald.

Rasenmähersonett

Ein Hilferuf ging von der Wiese aus,
ein jähes Schrein und Brüll'n aus allen Ecken.
Vom Gartenzaun bis an die Tannenhecken
verzagten Gänseblümchen, Klee und Laus.

Die Schnecke stürmte gleich aus ihrem Haus,
versuchte, sich dahinter zu verstecken.
Der Löwenzahn verspürte tiefen Schrecken
und mahnte seine Schirmchen zum Reißaus.

Vorbei der Frieden in den Frühlingsstunden,
das stete Wuchern hin zu allen Seiten.
Vorbei die schönen, ungestörten Zeiten.

Das laute Rattern, Knattern und Gebrummel
verscheuchte selbst die allerletzte Hummel –
und alle Blüten waren bald verschwunden ...

Manuel Deinert, geboren 1979, ist ein Sonntagskind, dem der Schalk im Nacken und die Poesie in der Seele sitzt. Seine Gedichte erschienen bereits in vielen Anthologien und auch seine Kinder- und Jugendbücher erfreuen sich großer Beliebtheit.

Die dicke Hummel Anna

An einem sonnigen Sommertag ging die siebenjährige Johanna mit ihrem Großvater im Park spazieren. Johanna war ein aufgewecktes und wissensdurstiges Mädchen. Sie freute sich schon auf die Zuckertüte, die sie in einigen Wochen erhalten sollte. Sie wollte richtig schreiben und rechnen können. Ihr großer Bruder hatte ihr auch schon ein paar Worte beigebracht. Aber sie wollte all die vielen Bücher lesen, die Mama und Papa in ihrem Bücherregal hatten.

Nun aber ging sie erst einmal mit Opa Paul durch den großen Stadtpark. Sie kam gern hierher, denn da gab es so viel zu sehen. Ständig veränderte sich etwas. Riesige Bäume spendeten Schatten für Tier und Mensch. Auf den grünen Wiesen blühten bunte Blumen, Schmetterlinge in allen Farben flogen hin und her, Käfer krabbelten an den Wegesrändern und, und, und ...

Johanna lief auf eine Wiese und pflückte einen kleinen Blumenstrauß. Sie wollte ihn Oma mitbringen. Freudig lief sie zu Opa, der sich auf einer Parkbank ausruhte. Sie setzte sich zu ihm und besah die Landschaft. Plötzlich schubste sie ihren Opa an. „Opa Paul, schau mal dort, die dicke Hummel. Ich mag Hummeln nicht. Magst du Hummeln?", fragte sie.

Opa Paul sah sie an und meinte: „Ich mag alle Lebewesen auf der Welt. Die gehören doch zu uns. Aber warum magst du die Hummeln nicht?"

Johanna sah ihn an, rümpfte ihr Näschen und sagte: „Hummeln sind so dick und behaart. Sie sind doch zu nichts nutze."

Opa sah auf sie fragend herab: „Wieso sind Hummeln unnütz? Wir brauchen sie doch."

„Ach, Bienen sind viel schöner. Sie sammeln den Honig. Den esse ich doch so gerne. Außerdem sehen sie schöner aus."

Opa Paul überlegte. „Weißt du überhaupt, was Hummeln und Bienen machen?"

Verdutzt neigte Johanna den Kopf und fragte sich, was Opa meinte. „Na, Bienen sammeln Honig. Hummeln? Die fliegen nur so rum und brummen mächtig."

„So. Du meinst Hummeln fliegen nur umher? Ich habe vor langer Zeit eine Geschichte von einer Hummel gehört."

Als Johanna das Wort Geschichte hörte, rief sie: Au fein, eine Geschichte. Opa, erzählst du sie mir?"

Lächelnd legte Opa seinen Arm um seine Enkelin und sagte: „Na gut, dann höre mir gut zu."

Für Johanna hieß das, dass sie ganz still sein sollte. Opa mochte es nicht, wenn er Geschichten erzählte oder vorlas, unterbrochen zu werden. Opa konnte gut erzählen. Und so schmiegt sie sich an ihren Großvater.

Opa Paul begann zu erzählen: „Die Geschichte, die ich dir jetzt erzähle, ereignete sich auf einer großen Wiese. Sie war noch größer als die, die wir hier sehen. Auf der Wiese blühten bunte Blumen und Schmetterlinge flogen im Sonnenschein. Aber auf der Wiese standen auch viele Obstbäume. Und Bienenkörbe. Das sind Behausungen der Bienen. Aber das weißt du ja. Die Bienen flogen jeden Tag über die Wiese, um die vielen Obstbäume zu bestäuben. Das ist wichtig, damit an den Bäumen auch Früchte wachsen konnten.

In einem Dornengestrüpp lebte eine Hummelfamilie. Frau und Herr Hummel hatten eine Tochter, die Anna hieß. Anna war in einem Alter, dass sie zur Schule gehen musste. Aber das Schlimme war, dass es weit und breit keine anderen Hummelfamilien gab und somit auch keine Hummelschule. So musste Anna in die Bienenschule gehen. Anna freute sich auf die Schule und hoffte, viele Freundinnen kennenzulernen.

Aber als sie den ersten Tag in die Klasse kam, begrüßte sie die Lehrerin zwar freundlich, aber ihre Mitschüler lachten sie aus, da sie so dick war. Außerdem musste sich Anna alleine in die letzte Bankreihe setzen. In den Pausen wurde sie ausgegrenzt. Alle machten sich über sie lustig, weil sie so dick war und nicht richtig fliegen konnte.

Das machte Anna sehr traurig. Zu Hause weinte sie sich bei ihrer Mutter aus. Sie sagte auch, dass sie nicht mehr zur Schule gehen wolle. Ihre Mutter tröstete sie und sagte, dass das nicht infrage komme. Um in der Welt bestehen zu können, müsse man erst etwas lernen.

Und so ging Anna mit Herzklopfen weiter zur Schule. An einem der folgenden Tage stand das Unterrichtsfach *Bestäuben* an. Die Lehrerin erklärte den Schülern, warum und was diese beim Bestäuben zu beachten hätten. Danach sollten die Bienen und Anna in der Natur zeigen, was sie gelernt hatten. Die Aufgabe bestand darin, in einer gewissen Zeit so viele Blüten zu bestäuben, wie sie konnten.

Da meldete sich eine Biene, zeigte auf Anna und meinte, dass sie schon verloren hätte, da sie so langsam fliegen würde. Darauf machten sich die Bienen auf den Weg, um ihren Auftrag zu erfüllen.

Anna ging langsam zum Ausgang und flog gemächlich über die Wiese. Nach einiger Zeit schlug das Wetter um und es begann, leicht zu regnen. Auch kühler wurde es. Die Bienen schwirrten sofort ins Klassenzimmer zurück. Denn bei diesem Wetter konnten die Bienen ihre Tätigkeit nicht erfüllen.

In der Schule angekommen, bemerkte man, dass Anna noch nicht zurück war. Sie warteten und warteten auf sie. Aber es war weit und breit nichts von ihr zu sehen. Es fielen auch wieder spöttische Worte.

Als Anna viel später zurückkehrte, berichtete sie, wie viele Blüten sie bestäubt hatte. Da blieb den anderen Bienen die Sprache weg und sie waren verwundert. Die Lehrerin erklärte den Schülern, dass Hummeln im Gegensatz zu den Bienen auch bei kälterem und regnerischem Wetter Blumen bestäuben könnten. Die Lehrerin lobte Anna für ihre fleißige Arbeit. Das machte sie stolz.

Die Bienen jedoch mussten erkennen, dass sie Anna unrecht getan hatten, und entschuldigten sich bei ihr. Sie sahen ein, dass sie zwar dünner waren und auch besser fliegen konnten als Anna. Aber sie mussten auch zugeben, dass Anna andere Eigenschaften hatte, die sie zu etwas Besonderem machte."

Opa Paul sah zu Johanna und sagte: „Das ist die Geschichte, die ich vor langer Zeit einmal hörte."

Nachdenklich schaute Johanna ihren Großvater an. „Dann ist ja eine Hummel doch nützlich!" Opa nickte und lächelte die Kleine an. Opa Paul nahm Johanna bei der Hand und beide gingen gemütlich nach Hause, um der Oma das Sträußchen Blumen zu schenken.

Dieter Geißler, geboren 1954 in Weimar, Ausbildung zum Koch, danach Studium an der Fachschule für Gaststätten- und Hotelwesen Leipzig. Arbeitete als Küchenleiter in Großküchen, später Produktionsleiter in der Schulspeisung. Heute lebt der Rentner in Frankenheim in der Hohen Rhön.

Mein langer Weg zum ...
Gedanken und Gedichte vom Glück und vom Glücklichsein

Nicht jedem ist das Glück in die Wiege gelegt worden, manch einer hat hart um sein persönliches Glück kämpfen müssen. Lassen Sie unsere Leserinnen und Leser teilhaben an Ihren persönlichen Wegen ins Glück.

War Ihre persönliche Reise zum Glück lang? Oder sind Sie von Haus aus ein echter Glückspilz? Ein Sonntagskind? Hatten Sie oft genug „Schwein" im Leben?

Oder stehen Sie eher auf der Schattenseite des Lebens? Und wenn ja, wie suchen Sie den Weg auf die andere Seite?

Einsendeschluss ist der 15. Mai 2023

Ferienwohnung Drachennest

Feldkirch / Österreich

Ländlich idyllisch und dennoch stadtnah zentral in Feldkirch-Tosters gelegen, nur einen Steinwurf entfernt von der Schweizer und Liechtensteiner Grenze, finden Sie unsere Ferienwohnung Drachennest, den idealen Rückzugsort vom Alltag. Genießen Sie unsere wunderschöne Ferienregion Vorarlberg in Österreich abseits der Hektik der großen Touristikgebiete.

Brechen Sie zu einmaligen Wanderungen und Radtouren auf – entlang des Rheins zum Bodensee oder entlang der Ill mitten hinein in die Berglandschaft des Ländles. Gut ausgebaute Radwege ermöglichen ein stressfreies Radeln, auch für wenig trainierte Radfahrer, da es auf diesen Wegen nur sehr leichte Steigungen gibt.

Starten Sie die schönsten Motorradtouren in die Alpen direkt vor unserer Haustür. Gerne geben wir Ihnen Tipps für tolle Tagestouren, da wir selbst begeisterte Motorradfahrer sind.

Skifahren? Kein Problem? Erreichen Sie die schönsten Skigebiete Vorarlbergs bequem mit öffentlichen Verkehrsmitteln oder mit Ihrem eigenen Fahrzeug.

Gerne begrüßen wir Sie gemeinsam mit Ihrem Haustier in unserer schönen Ferienwohnung in Feldkirch-Tosters. Und sollten Sie an einem Buch schreiben, so stehen wir Ihnen auf Anfrage gerne hilfreich zur Seite.

Information und Buchung:

www.drachennest.at